祖国を追い出された転生魔道具士は、今日も隣国で元気に暮らしています
～「役立たず」と追放した皆様ごきげんよう！お陰様で自由気ままなものづくり生活を満喫中です～

時岡継美

目次

CHARACTERS
デロア王国の王太子
クリストフ
・エディ・デロア
魔力が段違いに高い有能な魔術師。デロア王国の結界を守り、国民に愛される王子。どうやらエステリーゼに好意を持っているようで…？
前世の記憶を持つ転生魔道具士
エステリーゼ
・ボーデン
魔力が弱いことで、幼少の頃から妹と比べられ期待されずに育ってきた。繊細な魔力コントロールが必要な魔道具士は自分にとっての天職だと気づき前世知識を活かしてものづくりに励むようになる。
祖国を追い出された
転生魔道具士は、
今日も
隣国で
元気に暮らしています
～「役立たず」と追放した
皆様ごきげんよう！
お陰様で自由気ままな
ものづくり生活を満喫中です～

セレンスタ王国

広大な国土に肥沃な土地、のどかな田園地帯が多く存在している。魔道具士は魔力が中途半端で魔術師になりそこねた"落ちこぼれ"が就く職業だといわれている。

セレンスタ王国の第二王子

ロベルト・フォン・セレンスタ

政略結婚という形でエステリーゼと婚約したが、アンジェラに唆され婚約破棄にいたる。

エステリーゼの義妹

アンジェラ・ボーデン

外面が良く清楚なふりをしているが、魔力が弱いエステリーゼのことを馬鹿にしている。

デロア王国

小国でありながら、優秀な魔術師が多く、世界有数の採掘量を誇る魔石鉱山を有している独立国家。しかし、平地が少ないため作物不足に悩まされている。

デロア王国の王女

ディアナ・エディ・デロア

クリストフの妹。エステリーゼとはすぐに打ち解け、兄とくっつけようと画策している。

クリストフの護衛騎士であり、幼なじみ

フランコ・ウッド

基本的に力技で解決するが繊細な一面も。恋に不器用なクリストフを幼なじみとして温かく見守っている。

プロローグ

のどかな昼下がり、雲ひとつない晴天に乾いた発射音が鳴り響いた。

大きな音に驚いた鳥の群れが一斉に飛び立っていく。

前方でイバラが燃え上がるのをスコープで確認したわたしは、小さくガッツポーズをした。

「よし！」

肩に担《かつ》いでいるのは、グレネードランチャーを模した着火用の魔道具。火の魔石ひとつで三連射が可能となっている。

通称グレポン。わたしが作った愛用の魔道具だ。

イバラがすべて燃えて灰になるのを確認すると、巻き毛を手で後ろへ払いながら踵《きびす》を返す。

今日もぬかりなく燃やし尽くしたわ！

この土がむき出しになった広場は、試作した魔道具の動作テストや実験を行う魔道具演習場。

立ち入りを認められているのは、魔道具士だけだ。

木の柵で囲われているけれど、外から自由に見学できる。今日も足を止めてこちらを見ている人影がふたつある。

普段とは違うなにかを感じて足を止めた。誰だろう？

顔を確認しようとグレポンを構える。

しかしスコープを覗いた時にはもう、その人影は消えていた。

「まあ、いいか」

王立貴族学校からほど近い場所にあるため、ここを通りかかる生徒がちらほらいる。さっきのふたりもきっとそうだろう。

生徒たちにこの姿を見られているせいだろうか。エステリーゼ・ボーデン伯爵令嬢は、魔道具演習場で三日にあげず物騒な武器をぶっ放している――わたしは学校でそんな風に噂されて、変わり者扱いされている。

そんなわたしだから、我がセレンスタ王国の第二王子であるロベルトの婚約者にきまった時も、表面上のやっかみは一切なかった。

陰口を言ったら撃つわよ！と脅した覚えはない。

おまけにこのグレポン、見た目こそカッコよくて強そうだが、火力は着火ライターレベルで殺傷能力はない。

でも、いい牽制になっているのならちょうどいい。

「さてと、早く帰って夜会の支度をしなくっちゃ」

わたしは上機嫌で演習場を後にした。

第一章　魔道具士エステリーゼ

魔道具演習場を出て馬車へ向かう途中で、前方から歩いてくる男子生徒の集団に気付いた。

慌てて肩に担いでいたグレポンをケースに入れる。

危ない危ない。気付かなかったらまた、あらぬ噂が立つところだったわ。

彼らの顔に見覚えがあるということは、クラスメイトかもしれない。

魔道具作りに没頭するあまりほかのことがおろそかになってしまうのが、わたしの悪い癖だ。

「お腹すいたな」

「これから夜会だろ。美味《おい》しい料理が出るんじゃないか？」

彼らが楽しげに会話している。

今日の夜会は、貴族学校の三年生全員に招待状が届いたと聞いている。やはり彼らはわたしと同学年の生徒のようだ。

今日の夜会の趣旨は、賓客《ひんきゃく》をもてなすことにある。

国際親善で訪問中の賓客は、隣国デロア王国のクリストフ・エディ・デロア王太子殿下。

昨夜催された夜会では、国王陛下をはじめとする要職に就く重鎮《じゅうちん》たちが歓待した。

今夜は二十一歳のクリストフに合わせ、昨夜よりも若い参加者を集めたくだけた夜会だ。

貴族学校の三年生が招待されているのは、そのためだ。

「お父様によれば、クリストフ殿下はとても素敵な方なんですって」

「わたくし、お近づきになれるように今夜の装いには気合を入れますわ！」

今朝、教室で女子生徒たちが色めき立っていた。こういったガールズトークに疎《うと》いわたしが気付くぐらいの騒ぎ方だったから、クリストフ殿下は相当容姿端麗なのだろう。

しかし男子生徒たちの関心は、夜会で出される料理にあるらしい。

「実は俺、野菜が苦手なんだ」

「子供みたいだな」

すれ違いざまにそんなやり取りが聞こえて足を止めた。

「ねえ！　あなたにぴったりの魔道具があるわ」

呼び止めると、彼らは一様に驚いた顔で振り返った。

バッグから味変スプーンを取り出す。

味変スプーンは、海の美食家として名高い魔ダコの吸盤と、甘い香りと幻覚作用で獲物をおびき寄せる幻惑カズラの蜜を素材にして銀製のスプーンに付与した魔道具だ。

苦手なものでも美味しく食べられる機能が備わっている。

「これ、使ってみてちょうだい」

胸を張って差し出した。

誰かに試してもらいたくて、こんなこともあろうかと新品を持ち歩いていて正解だった。

「なんでも美味しく食べられると思うわ。ただし時計と反対回りにかき混ぜてはダメよ。苦くなってしまうから！」

味変スプーンは魔導回路に少々欠陥がある。しかし使い方さえ間違わなければ問題ない。だから男子生徒にしっかり注意喚起をして手渡した。

迎えの馬車に乗り込み、自邸へと向かう。帰る途中には、リリビアスの並木道がある。

いまは花の季節ではないけれど、わたしはこの木にとても思い入れがある。


わたしには前世の記憶があるのだ。

前世のわたしは日本という国で生まれ育ち、大学卒業後はインテリア雑貨の開発や販売を手がける企業に勤めていた。

学生の頃から雑貨屋めぐりを趣味にしていて、自分で手作りもするほど雑貨が大好きだった。

入社三年目を迎えたばかりの春のこと。わたしのアイデアが採用され、新しい雑貨シリーズの開発チームが発足するはずだったあの日。

通勤中に交通事故に遭い、わたしはあっけなく命を落とした。

最期に目に映った光景は、風に舞う桜吹雪。

前世のことを思い出したのは、この世界に生を受けて三歳になった頃だった。

おもしろいことに、違う世界であっても動物や植物に共通点はある。

母に連れられて初めて満開のリリビアスの花を見にいった時、前世の記憶を一気に思い出して混乱したわたしはその場で倒れてしまった。リリビアスの花が桜にそっくりだったからだ。

その後ベッドで目を覚ましたわたしは、心配そうな顔で覗き込んでくる母にこう告げた。

「ねえ、お母様。この世界には、ジェット機もスマートフォンもないんだね」

すると母は、顔色を変えてひどく狼狽《ろうばい》しはじめたのだ。

「エステリーゼ。なにを言っているのかよくわからないわ……」

倒れた娘がおかしなことを口走っていると不安になったのだろう。

ああ、これは人に話してはいけないことなんだな。

そう悟って以来、前世の記憶を持っていることは誰にも話していない。

この世界には、前世で暮らしていた日本に当たり前のように存在していた高度な精密機械や通信網はない。その代わりに魔法がある。

魔法を発動するための魔力は生まれつき量の差はあれど、この世界の人間なら誰しもが保有している。

魔力の強弱は親から子へ遺伝するケースが多い。

両親はふたりとも高い魔力を持っていたため、娘のわたしがどちらに似ているとしてもそれなりの魔力を有しているだろうと期待されていた。

父は野心家で、魔術師の家庭教師を雇って四歳のわたしに英才教育を施そうとした。

一流の魔術師になれば王国の中枢で活躍することができるし、優秀な人材を輩出した家門の人間は大きな顔ができるというわけだ。

しかし、わたしは父の期待に応えられなかった。

前世がこの世界の人間ではないせいか、魔力が弱かったのだ。

「率直に申し上げますと、どんなに訓練を重ねても今後エステリーゼお嬢様の魔力が向上する見込みはないと思われます」

一年後、嘘のつけない正直な性格の家庭教師が言いにくそうに告げると、目の前の父はひどくがっかりした顔をしていた。

この娘にはもう利用価値がないと思ったのだろう。

ちょうどその頃からだったと思う。母が病気がちになりベッドで過ごす時間のほうが長くなったことと比例して、父は仕事を理由に帰ってこないことが増えた。

わたしは母のベッドの横で、道具作りに励む生活を送った。

「お母様これね、『まごのて』っていうんだよ。背中がかゆくなったら、ひとりでかけるの！」

「お母様、このストローはグニャグニャしてるから、寝たままでお水が飲めるんだよ！」

そんなただの便利グッズを、母は笑顔で、

「リーゼ、あなたはすごいわ」と褒《ほ》めて、いつも大げさに喜んでくれた。

魔道具ですらない、前世の記憶を頼りに作っただけの物なのに。

わたしにとって魔道具作りの唯一の師は、母だと思っている。

魔道具とは、魔力を原動力として作動する道具のことをいう。

素材を組み合わせ、魔導回路図を設計し、その図面通りに魔法を流して製作する。

組み合わせる素材や使用する魔法の属性によって、さまざまな用途の魔道具が作れる可能性がある。その道具のつくり手が魔道具士だ。

「魔道具は弱い魔力をゆっくり回路に流して作らないといけないから、エステリーゼに向いているはずよ」

父がクビにした家庭教師に代わり、母に魔法の使い方を教わった。

魔道具作りの指南書を取り寄せ一緒に読んで難しい用語の解説をしてくれたのも、繊細な魔法付与の方法を教えてくれたのも、もちろん母だ。

そして、魔道具士を目指す者が必ず作るといわれている基礎技術が詰まった初心者用キット『オートすごろく』を、母と試行錯誤の末に完成させたのが六歳の時。

ルーレットを回すと、出た目の分だけ自動的にコマがマス目を移動したり戦ったりする子供用のおもちゃだ。

母と何度もオートすごろくで遊び、さらにその魔導回路にオリジナルのカスタマイズを加えていった。

わたしの手先の器用さと魔力の弱さは魔道具士として強みになると褒め続けてくれた母は、リリビアスの開花の季節を迎える少し前に静かに息を引き取った。

「あなたが立派な魔道具士になる姿を見たかった」

そう言い残して。

母の死からわずか半年後、父は後妻と子供を連れてきた。

妹となったアンジェラは、わたしよりひとつ年下。父とは血がつながっているらしい。

金髪で紫紺《しこん》の目、気の強そうな顔立ちをしているわたしに対し、アンジェラはハニーピンクの髪と青灰色の目、庇護《ひご》欲をそそる愛らしい顔立ちをしている。

父のアンジェラを見つめる眼差《まなざ》しには愛情があふれていた。しかも三人はすでに仲睦まじい家族のように見える。

父が自邸に寄り付かなかった間、おそらくずっとこのふたりと過ごしていたのだろう。

わたしが一歳の頃にはすでにアンジェラが生まれていた計算になるけれど、この世界では貴族が愛人を持つのは珍しいことではない。

しかし前世の倫理観を持ち合わせるわたしにとって、それは受け入れがたいものだった。

しかも病気の母を放っておいてこの親子と楽しく過ごしていたのだと思うとなおさらに。

だから父に強い嫌悪感を抱くようになったのも無理はないと思う。

それが態度にも表れていたのだろう。

おまけにアンジェラは容姿がかわいらしいだけでなく、父に似て魔力が高い。父がアンジェラばかりをかわいがるのは当然の成り行きだったと言える。

継母との折り合いも最初から悪く、新しい家族に馴染めない。自分の家がひどく居心地の悪い空間になったわたしは、自室にこもってひたすら魔道具を作る生活を送った。

そんなわたしに転機が訪れたのは十三歳の時。

アンジェラの家庭教師が、我が家の廊下を這いまわるお掃除亀さんを絶賛したことから始まった。

お掃除亀さんのアイデアは、前世の自動掃除ロボットに由来している。

形状を円形ではなくリクガメにしたのは、ちょっとした遊び心で。

もちろん自動掃除ロボット同様、吸い込んだゴミは所定の位置に自動で排出できるし掃除が終われば指定した場所に戻る機能も付いている。

木材、絨毯《じゅうたん》、大理石など、床の材質によって使用人たちが掃除用具を取り換えなければならないのが大変そうだと前々から思っていた。

だから、一台でどの材質でも対応可能にすれば手間を省けるだろうと作ってみた。

かなり複雑な魔導回路を施しているため、失敗と試作を繰り返してようやく完成させたところだった。

それを我が家の使用人に見せたところ、とても助かると喜ばれて使ってもらっていたのだ。

「これは便利ですね！　ぜひ私にも一台作ってもらえませんか。もちろん代金は支払います」

家庭教師の依頼をきっかけに口コミでお掃除亀さんの噂が広まっていき、貴族から注文が来るようになった。

あまり普及しすぎると使用人の仕事を奪ってしまうことになりかねないと心配になったけれど、それは杞憂《きゆう》だった。

我が家の使用人によれば、掃除は床だけでなく棚の上や照明器具など多岐にわたるから、床掃除がなくなったからといって使用人が減らされる心配はないらしい。

また、宝物庫のような他者の立ち入りを制限したい場所の掃除にうってつけだと評判になった。

注文が増えると、ころっと態度を変えた父が貴族のサロンで熱心にお掃除亀さんを売り込むようになった。

だからといって父への嫌悪感が薄れることはなかったし、父の一番のお気に入りは相変わらずアンジェラだったけれど。

そしてついには、わたしの評判が国王陛下のもとにも届いた。わたしは魔道具士としての将来を嘱望《しょくぼう》され、通常より二年早く十四歳で貴族学校に飛び入学するに至ったのだ。

一般的に、魔道具士は魔力が中途半端で魔術師になりそこねた落ちこぼれが就く職業だといわれている。

魔力が弱いと告白すると、だから魔道具士なんだねという反応が返ってくることが大半だ。

幸運なことに現在のセレンスタ国王は魔道具に興味を持ち魔道具士を重要視してくれている。

しかし歴代の国王はそうではなかった。

貴族学校の飛び入学制度に「魔道具分野」が適用されたのも、わたしが史上初なのだ。

その事実を知ったのは、入学後。しかも研究室にいる魔道具専門教師ローウェン先生は、当時十四歳だったわたしと魔道具作りの腕がたいして変わらない程度の技術しかなかった。

入学してよかったことは、珍しい素材が使い放題であること。そして気づまりな自邸で長時間過ごさずに済むことだろうか。

飛び入学したのだから当然、一足飛びに一流の魔道具士へ。そんな期待が膨らんだ。

わたしの魔道具士としての船出は当初、順風満帆に思えた――。


母のことや貴族学校入学の経緯を思い返しているうちに、馬車が自邸の門に到着した。

屋敷の玄関へと向かう途中で呼び止められる。

「エステリーゼお嬢様」

庭師が日に焼けた顔でにこにこ笑っている。手に持っているのはインパクトドライバーだ。

「今日はバラのアーチを作ったんです」

庭師の指さす方へ視線を向けると、木製のアーチが完成していた。

「まあ、素敵ね。ツルバラを絡めるのね？　楽しみだわ」

「お嬢様からこれをいただいたおかげで作業が捗《はかど》ります。ありがとうございます」

そう言って庭師はインパクトドライバーを持ち上げ、ニッと笑った。

前世では、インパクトドライバーといえばＤＩＹ愛好家の必需品だった。雑貨作りを趣味にしていたわたしも当然愛用していた。

手早くネジやビスを締めることができ、手でドライバーを回すよりも労力がいらない。

魔道具作りにはちょっとした木工技術が必要な時もある。だから前世で使っていたインパクトドライバーを魔道具として作った。

それを見た庭師が、庭仕事にも使えそうだと興奮した様子で言うものだから、もう一台作ってプレゼントしたのだ。

庭師からインパクトドライバーの利便性を自慢された同業者から製作依頼が来るようになり、口コミでどんどん広まっていった。

インパクトドライバーは、いまではセレンスタ王国の職人たちの必需品となっている。

自分の作った魔道具を笑顔で使ってくれている様子を見ると、とても誇らしい気持ちになる。

わたしは上機嫌で屋敷の中に入った。

しかしそこで執事から思いもよらぬことを告げられた。

「ロベルト殿下はアンジェラ様とすでに会場へ向かわれました」

「どういうこと?」

わたしは婚約者のロベルトにエスコートしてもらう約束だったのに。

慌てて時刻を確認しても、ロベルトと事前に交わしていた約束の時間までまだたっぷりあるではないか。余裕をもって支度を整えられたはずだ。

「夜会にアンジェラは招待されていないでしょう?」

二年生のアンジェラには招待状が届いていない。

だからロベルトが、アンジェラだけを連れて慌てて会場へ向かった理由が見当たらない。

執事も曖昧な笑みを浮かべている。

「とりあえず支度を始めるわ」

二階の自室へと続く階段を上がる。

国王陛下のすすめでロベルトと婚約したのは三カ月前。

いまのところロベルトとの仲は、まったく進展の兆しが見えない。

彼は父親の国王陛下とは違い、わたしのことを小馬鹿にしている節がある。

婚約がきまり、初めて顔を合わせた時のこと。

ロベルトは品定めでもするかのような視線でわたしの頭からつま先まで舐めるように眺めた後、せせら笑った。

「なんだ、その気取った巻き毛は」

「くせ毛です」

さらにロベルトは蔑《さげす》むような口調で言った。

「おまえ、魔力が弱いんだってな」

「魔力の弱さは、魔道具士にとっては天賦《てんぶ》ですから」

にっこり笑っていちいち言い返したのがマズかったのだろう。それ以来、ロベルトはわたしとろくに目も合わせなくなった。

学校で偶然顔を合わせてこちらから挨拶しても、返事すらよこさない。

この世界ではロベルトと同じ年齢のわたしだが、前世の記憶がある分精神的には彼よりも年上だ。だから大人の対応で鷹揚《おうよう》に構えている。

愛がなくてもお互いにやりたいことをやって自由に過ごせるパートナー関係も悪くない。とはいえ、わたしたちのそんな状況などお構いなしにパートナー同伴のパーティーや国家行事への参加要請が届く。

そのたびにわたしをエスコートしなければならないロベルトを気の毒だと思っているし、こちらだって気づまりで仕方ない。

こういう時は、アンジェラがいい緩衝材《かんしょうざい》になってくれている。

わたしは別段、妹のことを嫌ってはいない。悪いのは父であり、その結果生まれた子に罪はないと思っているから。

ロベルトからお誘いがあると、まるで自分がパートナーであるかのようにドレスアップして、同じ馬車に我がもの顔で乗ってくるアンジェラを、むしろありがたいと思っているぐらいだ。アンジェラの気分屋でわがままなところは年相応だし、明るい笑顔でロベルトの話し相手をしてくれて助かっている。

わたしとロベルトの婚約がきまった時には、

「お姉様が王子様と婚約だなんてズルい！」と、父にこっそり文句を言っていたようだが、魔力が高くかわいらしいアンジェラには良縁があるに違いない。

それはいいとして、今日の夜会にふたりで先に行ってしまったことは腑《ふ》に落ちない。

メイドに髪を結ってもらっている鏡に映るわたしの顔がムスッとしている。

いけないいわ。大事なお客様をおもてなしする夜会だもの。笑顔でいなきゃね。

鏡に向かって口角を上げる練習を繰り返した。

夜会の会場である王城のホールが、大勢の招待客でにぎわっている。

会場をぐるりと見渡せば、魔道具演習場の前ですれ違った男子生徒たちがテーブルの前に立っているのが見える。さっそく味変スプーンを試してくれているようだ。

味変スプーンを作ったきっかけは、継母が意地悪して出してくるスープだった。

水みたいに薄くて不味いスープを、どうにか美味しく食べられないかと思って開発したのだ。

味変スプーンがほかの誰かの役にも立つのなら、こんなに嬉しいことはない。

その斜め横に、女子ばかりの人だかりができている。中心にいる頭ひとつ背の高い紺色の髪の男性がクリストフ殿下だろうか。とても近寄れる雰囲気ではない。

「リーゼ、ごきげんよう」

声をかけられて振り返ると、貴族学校での数少ない友人のひとり、セシルがいた。

「ごきげんようセシル。あなたもクリストフ殿下狙い？」

人だかりをチラっと見ながら小首を傾げる。

「隣国のカッコいい王太子殿下は魅力的ではあるけど、わたしはもう就職がきまっているから、対象外だわ」

セシルが首をすくめる。

卒業後の進路がすでにきまっているから、隣国に嫁ぐ気などないと言いたいのだろう。

ここセレンスタ王国は、貴族の女性の社会進出促進も積極的に行っている。男女問わず活躍できる場で成果を上げてもらいたいという、柔軟な考えの国王陛下の意向が反映されている。

それにより魔道具や農産物をはじめとする多くの生産品を諸外国へ輸出することで、この国は潤っている。

「リーゼもやっと魔道具院の就職がきまってよかったわね」

「ありがとう。長かったわ」

思わず苦笑した。

貴族学校へ飛び入学し、順調に思えた一流魔道具士への道は、すぐに大きな壁に当たった。

魔道具の統括機関である魔道具院が強く反発して、わたしの受け入れを拒否したのだ。

魔道具院は、魔道具作り全般を統括し魔道具士の育成もしている公的機関で、魔道具院に所属しないことにはセレンスタで魔道具士として食べていくことはできない。

『機密事項がたくさんあるため、年端もゆかぬ者の出入りは許可できない』

『平民が喜ぶような貧乏くさい道具ばかり作っているエステリーゼ嬢に、真の魔道具士としての才能が感じられない』

そんな理由でこれまで認めてもらえなかった。

新しいものが好きで柔軟な発想の国王が魔道具作りを後押ししてくれている――普通に考えれば喜ばしいことのはずなのに。

わたしの発明品を魔道具士の地位向上のチャンスだと考える者は、魔道具院の上層部にはいないらしい。

これまでの魔道具といえば、豪奢《ごうしゃ》な装飾の魔導ランプや明かりの色が変化するシャンデリアのような、貴族向けの贅沢品ばかりだった。そういった物を作ってきた彼らにとって、わたしの作る日常生活を豊かにする魔道具は、ひどく貧乏くさく思えるようだ。

彼らは変化や革新を拒絶している。

十六歳で卒業して魔道具院に就職しよう。就職したらボーデン伯爵家を出ていこうと思っていたわたしの計画は頓挫《とんざ》してしまった。

本来貴族学校は三年で卒業するのが習わしだが、わたしは魔道具院への就職が叶わず最終学年に三年間留め置かれている。早い話が留年だ。

もちろんこの五年間、片時も魔道具作りを怠ったことはない。

お掃除亀さんはその後、窓掃除用の子亀も開発した。

高所の窓拭きは危険を伴うため子亀はとても重宝されていて、王城や貴族の邸宅だけでなく学校の校舎でも使われている人気商品だ。製造はとっくにわたしの手から離れ、いまでは工房で作られている。

三年前に開発した冷蔵庫も、瞬《また》く間に人気商品のひとつとなった。

「氷の魔石だと冷気が安定しなくて……」

元は、そう嘆く我が家の料理人のために開発したものだ。

冷蔵庫はいまや貴族だけでなく平民にまで普及しはじめている。生産は工房で行い、周辺諸国にも輸出しているようだ。

「いくら優秀でも魔術師は輸出できない。しかし便利な魔道具なら、どんどん売り込んで輸出できるではないか」

国王陛下もほくほく顔でそう語っていた。

にもかかわらず魔道具院の重鎮たちは、なかなかわたしを認めようとしなかった。

魔道具研究室で製作した魔道具は共同研究扱いとなり、担当教師であるローウェン先生の名前が開発者の筆頭にあがっているせいかもしれない。

しかしわたしの貢献度が高いことぐらい、ローウェン先生を通じて把握しているはずだ。

素材の調達や実験のことを考えると、魔道具院に籍を置かずに一匹狼で魔道具士を続けていくのは難しいだろう。新たな魔道具開発に活かせそうな気がして独自に続けている苗木の成長実験も、中断しなければならなくなる。

「勅命《ちょくめい》で承諾させることはできるが、それでは最初からギスギスするだろうな」

国王陛下も、首を傾げていた。

在学中に役に立つ魔道具をたくさん作り、それなりの実績をあげた自負がある。それなのに魔道具院は、頑としてわたしの受け入れを拒み続けたのだ。

そこで今年に入り、わたしが十八歳になったところで、陛下からロベルトとの婚約を打診された。父はもちろん大喜びだった。

第二王子の婚約者という立場になってようやく、わたしの魔道具院への就職が認められてホッとしている。

たまにわたしが漏らす魔道具院への不満を聞いてくれていたセシルは、わたしの就職がきまった時とても喜んでくれた。

「わたし、魔道具士の権利をもっときちんと守りたいの」

「あなたならきっとできるわ」

セシルが励ますように頷いてくれる。

現行の制度では、国が魔道具士から権利を買い取り、それ以降はいくら利益を出しても魔道具士には一銭も入ってこない仕組みになっている。ただ名声が高まるだけだ。

これまで開発した魔道具でローウェン先生や父がどの程度の金銭を受け取ったかすら、わたしは教えてもらっていない。父から受け取ったのは、わずかなお小遣いだけ。

卒業したらすぐにロベルトと結婚。そして魔道具院へ就職する予定だ。

入ってしまえば、味方になってくれる魔道具士もいるに違いない。

第二王子妃の威光を笠に着て、魔道具院と制度の改革を推し進めてやる！

これがわたしの当面の目標だ。

セシルと力強く頷き合っていると、会場に下品な声が響き渡った。

「うえーっ！　なんだよこれ！」

味変スプーンを使っていた男子生徒たちのあたりからだ。

スプーンを持ったひとりが、しかめっ面をして口を大きく開けている。それを周りの数人がおかしそうに手を叩いたり指さしたりして笑いながら見ている。

もしや……味変スプーンを逆に使ったの⁉

味変スプーンは、時計回りにかき混ぜるとスープが極上の味になる。

しかし反対回りにかき混ぜてしまうと、ものすごく苦くなるのだ。

彼らにそう説明してからまだ数刻しか経っていないから、きちんと伝えたことは覚えている。

彼らはそれを知らない第三者にわざと逆にかき混ぜるよう仕向けて、いたずらグッズのような使い方をしたのだろう。

夜会でなぜそんな幼稚なことをしてるのよ！

味変スプーンを返してもらおうと、彼らのもとへ一歩踏み出した時だった。

「なにをやっている」

先に彼らを叱責したのはロベルトだった。

その横にはアンジェラが寄り添っている。今日も、さも自分がロベルトの婚約者であるかのような振る舞いだ。

アンジェラが身に纏《まと》うエメラルドグリーンのドレスや装飾品に見覚えがないということは、招待されてもいないのに今日のために新調したのだろうか。

さすがにマズいことをしたと気付いたのだろう。男子生徒たちの一団が気まずそうに顔を見合わせている。

「申し訳ありません。スープが苦くて……その……」

味変スプーンを持つ彼が、被害者だというのに涙目で謝罪した。

しかしロベルトは叱責をやめない。

「陛下主催の夜会でのスープの味にケチをつけるのか」

すると彼らは慌てだし、そのうちのひとりがこちらを指さした。

「エステリーゼさんのせいです！」

は？

「彼女が妙なスプーンを使えと言ったから！」

はあぁぁぁっ!?

ロベルトが険しい顔でわたしを睨んだ。

「エステリーゼ。あのスプーンはきみが作った魔道具なのか？」

「……その通りです」

「くだらない魔道具でとんでもないことをしてくれたな」

たしかに、夜会で味変スプーンを使ってみてと言ったわたしも軽率だったかもしれない。だからといって、彼らが悪ふざけをした責任まで負わされるのは納得いかない。

どうしていつもこうなってしまうんだろうか。

学校でインパクトドライバーを使えば「エステリーゼがドリルのような武器を振り回している」と眉をひそめられる。

魔道具演習場でイバラを焼けば「物騒な武器をぶっ放している」と、変わり者扱いされる。

農作物を守るために開発した「鳥よけカラス」も、見た目をカラスにしたせいか、「エステリーゼが目から光線を放つ不気味なカラスたちを招集して、定期的にあやしい集会を開いている」と噂されているのだ。

本当は、超音波や光線、大きな音を発することで、畑を荒らそうとする野鳥を撃退するとても便利な魔道具なのに。

このままでは、妙なスプーンで夜会を台無しにしたと不名誉な噂がまたひとつ増えるだろう。

危険人物と目《もく》されてしまえば、婚約者のロベルトにも迷惑をかけることになる。

きちんと説明しようとロベルトに歩み寄った。

その時アンジェラがロベルトになにか耳打ちした。

頷いてわたしに向き直ったロベルトが、薄紫の目を見開きながら高らかに宣言する。

「エステリーゼ・ボーデン。貴様との婚約を破棄する！」

いきなりどういうこと？

「この騒ぎの首謀者はわたしではありません。なにか誤解があるようなので後できちんと……」

「もううんざりだ。役に立たない魔道具ばかり作って大きな顔をするのはやめろ」

ロベルトが冷たく言い放つ。

役に立たない――それはいくらなんでもひどい。

魔道具院に評価されなくても日常生活に役立つ魔道具をと、この五年間ずっと頑張ってきた。

成果だって上げてきたはずだ。

わたしは戸惑いながらロベルトとアンジェラに交互に視線を移すことしかできない。

アンジェラは彼の背中にしがみつくように寄り添っている。

夜会での突然の婚約破棄宣言に、招待客たちも驚いた様子でこちらに注目している。

しん、と静まり返る会場に、再びロベルトの声が響き渡った。

「それだけではない。アンジェラを脅して功績をすべて奪い、自分の手柄と偽った罪は重い」

ロベルトが得意げに栗色の前髪をかき上げる。

「証拠だってある。貴様がいつも演習場で使用している魔道具を解析すれば、アンジェラの魔法の痕跡《こんせき》が出てくるはずだ」

潤んだ目で見上げるアンジェラを、ロベルトが愛おしそうに見つめ返した。

「それは……」

「言い訳など聞きたくないっ！」

わたしの申し開きは、ロベルトの叱責にかき消された。

こちらに向き直った薄紫の目には、あからさまな侮蔑《ぶべつ》の色がこめられている。

「すました顔でよくも堂々と卑劣な真似をしてくれたな。そんな貧しい心の人間などこの国には不要だ。即刻、国外追放を命ずる！」

「そんな……」

婚約破棄だけじゃなく、国外追放まで⁉

アンジェラの功績を奪った覚えはないし、仮に奪っていたとしてもそれが国外追放されるような重罪だとは思えないのに、なんで……。

ショックを受けるわたしを、アンジェラが笑いを噛み殺すように口元を緩ませながら見つめている。

わたしたちはお世辞にも仲のいい姉妹とはいえなかったけれど、こんな仕打ちはあんまりだ。

事前にロベルトと話し合って仕組んでいたのだろう。

わざわざ夜会で見せしめにするだなんて、性格悪すぎない⁉

国王陛下はこのことをご存じなんだろうか。

魔道具院でわたしが異端児扱いされないようにとロベルトとの婚約をお膳立てしたのは陛下だ。

婚約破棄を了承しているのだとしたら、わたしはもう魔道具士としての価値がないと思われたのだろうか。それなら仕方ないにしても、アンジェラの功績を奪ったという濡れ衣をかぶせられたことだけは潔白を証明しておきたい。

「せめて国王陛下に謁見《えっけん》を……」

その願いもロベルトに一蹴《いっしゅう》されてしまった。

「その必要はない！　早く出ていけ！」

こんなにも一方的な断罪があっていいんだろうか。

怒りで全身が震える。しかし、今宵は賓客をもてなすための夜会だ。これ以上の醜態《しゅうたい》を晒《さら》すわけにはいかない。

小さく深呼吸して、承知いたしましたと答えようとした時だった。

「パーティーにそぐわない演出だね。これがセレンスタ王国のもてなしなのかな?」

静まり返るギャラリーの中から正装の男性が抜け出して、こちらへ歩み寄ってくる。

夕暮れ時の深い青色の空を思わせる紺色の髪と琥珀《こはく》色の目。スラッと背が高くて端正な顔立ち。事前に聞いていた容姿と一致している。

この人がデロア王国のクリストフ王太子殿下に違いない。

その後ろに控える、燃えるような赤い髪に茶褐色の目の肩幅のある男性は、クリストフ殿下の護衛騎士だろうか。

「ずいぶん悪趣味だね」

整った笑みをロベルトに向けながら辛辣《しんらつ》な発言をするクリストフ殿下に、少し救われる。と同時に、友好国との親善の場でロベルトとアンジェラはなんて愚かなことをしてくれたんだろうと再び怒りがわいてくる。

こちらへ向き直った殿下がわたしの手を取った。

「外までエスコートしよう。これではあまりにもエステリーゼ嬢が気の毒だ」

「ありがとうございます」

目が合うと、殿下が一瞬とても苦しそうな表情を見せた。

同情してくれたのだろうか。

我が国の恥を晒してしまったというのに、こんなにも気遣ってくれるクリストフ殿下の優しさに不意に涙が込み上げてくる。

それでもここで涙など流すものかと唇を強く引き結んで背筋を伸ばし、会場を後にした。

外へ出てからも、クリストフ殿下は無言のままわたしの手を引いていく。

会場のざわめきが聞こえなくなる場所まで歩いたところで、わたしは足を止めた。

手を放してカーテシーをする。

「エステリーゼ・ボーデンと申します。先ほどは醜態を晒してしまい失礼いたしました」

するとクリストフ殿下も胸に手を当て姿勢を正した。

「こちらこそ失礼した。クリストフ・エディ・デロアです。クリスと呼んでくれ」

「では、わたしのことはリーゼとお呼びください」

琥珀色の双眸《そうぼう》にじっと見つめられるのは、なんだか落ち着かない。

そこへ、騎士服を着た赤髪の男性が追いついてきた。クリストフ殿下に小声でなにか告げると、こちらに向き直る。

「クリストフ殿下の護衛を務めております、フランコ・ウッドです」

やっぱり騎士様だったのかと納得しながらこちらも自己紹介を済ませた。

パーティーの主役がいつまでも不在では困るだろう。

「会場にお戻りください。わたしはこれにて失礼します」

踵《きびす》を返そうとしたわたしの手を、クリストフ殿下が握った。

「ひとりで大丈夫か？」

このまま帰邸するとして、国外追放を言い渡されたわたしはどうなるんだろう。

大丈夫なはずがない。素直にそう答えるのも憚《はばか》られて、無言のままうつむいた。

「そんなにロベルト王子のことを慕っていたんだね？」

「…………は？」

いきなりなんの話だろう。そういうことではないのだ。

顔を上げてきっぱり言う。

「いいえ、ちっとも」

「は？」

今度はクリストフ殿下のほうがポカンとしている。

「わたしは魔道具士です。ロベルト様と結婚することで、卒業後は魔道具院で働くことが保障されていました。それなのに婚約破棄で働き口がなくなってしまいました」

「なんだ、それであんなに傷ついた顔をしていたのか」

こくこく頷《うなず》くと、クリストフ殿下は肩を揺らして笑いはじめた。

笑い事ではない。この国から追い出されたら路頭に迷ってしまう。

いくばくかのお金なら持っているけれど、外国で一から魔道具作りのできる環境を整え、お手製の魔道具を売って生計を立てられるようになるまでに底をつくだろう。

「それなら俺と一緒にデロアへ行こう」

「え？」

唐突な申し出の意図がよくわからず、困惑したままクリストフ殿下を見上げる。

ここで、後ろに控えていたフランコが険しい顔で尋ねてきた。

「待て、ひとつ確認させてくれ。妹の手柄を奪ったっていうロベルト殿下の話は本当なのか？」

「アンジェラからアイデアを盗んだことはありません。ただ、あの子に一度だけ魔法の付与を手伝ってもらったことならあります」

ロベルトが「証拠ならある」と言っていたのは、そのことだろう。

こちらから手伝ってほしいと言ったわけではない。

アンジェラから魔道具を作ってみたいとしつこくせがまれたものだから、根負けしてやらせただけだ。

「一歩間違えば命を落とすところでした」

「「ええっ⁉」」

クリストフ殿下とフランコが驚いているが、大げさな話ではない。

アンジェラに火魔法を細くゆっくり流すように言ったのに、あの子はなにを思ったのかいきなり「えーい！」と気合を入れて最大出力で魔法を付与しようとしたのだ。

「吸魔タオルをかぶせるのが遅かったら爆発していたでしょうね。研究室は石造りで頑丈なので、建物ごと吹っ飛ぶことはなかったでしょうけど」

「吸魔タオルとは？」

クリストフ殿下が聞いてくる。

「あふれた魔法を吸収する布です。わたしが発明した魔道具です」

アイデアは前世の防炎タオルだ。

どうにかそれで事なきを得たが、繰り返し使えるはずの吸魔タオルがその一回で焦げてボロボロになるほどだった。

もしも鉄板の回路が爆散していたら、怪我どころでは済まなかっただろう。

もうあんな命がけの付与は懲り懲りだ。

それ以来、アンジェラには魔道具への魔法付与はやらせていない。あんなことをされては命がいくつあっても足りない。

「付与自体は大失敗でしたが、その回路を筒状にしてカッコいい魔道具を作りました」

「もしかして、あの物騒な武器のことか？」

フランコが眉間にしわを寄せる。

なぜグレポンのことを知っているんだろうか。このふたりは昨日セレンスタへ来たばかりのはずなのに。

「どうしてそれを？」

わたしの警戒心を感じ取ったのか、横からクリストフ殿下が補足した。

「実は今日、リーゼが広場で大きな武器を発砲しているのを見かけたんだ。勇ましくて思わず見とれたよ」

もしかすると今日見かけたあの人影は、このふたりだったのかもしれない。だとすれば、とんでもないことをしてしまった。

友好国の王太子に銃口を向けたとなれば、国際問題に発展しかねない。

慌てて申し開きをする。

「発射音は派手ですが、飛び出る火球の威力は極端に弱いんです。だからあれには殺傷能力はなくて、ただイバラを焼くだけの道具です」

「ではなぜあんな強力な武器のような見た目に？」

フランコは尚も疑わしそうに首をひねっている。

「だって、そのほうがカッコいいじゃないですか！」

そう答えると、クリストフ殿下がぷはっと笑った。

本来は、イバラを焼くための着火ライターを作るつもりだったのだ。

付与の大失敗から生まれた愛用のグレポンは、製造工程が危険すぎるためもう二度と作ることはない唯一無二の魔道具だ。

わたしの愛用の一品となった点においては、アンジェラに感謝もしている。

しかしアイデアの盗用は一切ない。

というか、あり得ない。

この世界にはそもそもグレネードランチャーなど存在していないのだから。おまけにカッコよさにこだわってスコープまでつけた特別仕様だ。

「アンジェラは、あの回路で本来なにを作ろうとしていたのかすら理解していないと思います」

偶然できたものだった。

わたしのその説明をひと通り聞いたふたりは、納得したように頷いてくれた。

「そういうことなら問題ない。リーゼ、きみはとても優秀な魔道具士だ。だからこれからは我が国で思う存分、魔道具を作ればいい。環境なら整える」

スカウトされているという解釈で合っているだろうか。

クリストフ殿下の琥珀色の目がまっすぐにわたしを見ている。

「俺の名にかけて、リーゼの人生が未来永劫安寧《あんねい》であることを誓おう」

真摯《しんし》な眼差しと声にドキリとした。

隣国に連れていってくれるだけでなく魔道具作りのできる環境を整え、さらには身元も保証してくれるとは！

しかし、手放しで喜ぶには少々胡散《うさん》臭い気がしなくもない。いったいどんな思惑があるんだろう。

目の前に立つこの人が、国賓としてやって来たデロア王国のクリストフ王太子殿下であることは間違いない。

魔道具士としてのわたしの腕を高く評価してくれていると思っていいんだろうか。

「うぬぼれてもいいのでしょうか……」

わずかに目を見開いたクリストフ殿下が、次の瞬間ふわりと笑った。

「ああ、もちろんだ」

ギュッと手を握られて決心がついた。

「承知いたしました。よろしくお願いします」

わたしは力強く答えた。

行き先がきまったのなら善は急げ。クリストフ殿下の気が変わらないうちに、さっさと旅立つほうがいいだろう。

クリストフ殿下も夜会が終わり次第、デロアに帰国する予定だったらしい。そして先ほど、興《きょう》が削《そ》がれたことを理由にフランコがすでに暇《いとま》を告げてきたという。

「荷物を取りに帰ってもいいでしょうか」

「もう戻ってこられないかもしれないから、悔いのないようにね」

クリストフ殿下の言う通りだ。

わたしは追放を言い渡された身だから、国を出たが最後もう二度とここには戻れないだろう。

クリストフ殿下とフランコと共に馬車で自邸へ向かう道中、なにを持っていこうかとじっくり考えた。

到着すると馬車から飛び降りて門から屋敷まで駆け抜け、勢いよくドアを開ける。

「エステリーゼお嬢様!?」

慌てた様子で玄関まで駆けつけた執事の目をじっと見つめると、気まずそうにそらされた。

「アンジェラの計画を知っていたのか知らなかったのか、いまさら問いただす気はないわ。メイドをひとり部屋に呼んでちょうだい」

執事が顔色を変え無言のままメイドを呼びにいく。

たしか今夜、父と継母は観劇のため不在のはずだ。どうせ継母もこの一件を事前に承知しているに違いない。継母の勝ち誇ったような顔を拝まされるのは癪《しゃく》だから、ちょうどよかった。

さっさといなくなってあげるわ！

二階の自室へ行き、トランクに最低限の衣類を詰めているところへメイドがやってきた。

ドレスを脱ぐのを手伝ってもらい、普段着の中で一番お気に入りのワンピースに着替える。

実験中の苗木、母の肖像画、母との思い出が詰まったオートすごろくをはじめ、愛用の魔道具と作りかけの魔道具をいくつかトランクに詰めた。

「これでよし」

左手にトランク、右手にグレポンを持ち、自室をぐるっと見渡す。

「ここに残した物は好きにしてくれていいけど、失敗作もあるから気を付けたほうがいいわよ」

戸惑っているメイドを残して足早に階段を下りる。

玄関まで追いかけてきたメイドと執事に向き直ると、晴れやかに笑ってみせた。

「いままでありがとう。わたしのことはどうぞご心配なく！って、みんなに伝えてちょうだい」

意気揚々とボーデン伯爵邸を後にする。自由を得たような気分だ。

門の外でクリストフ殿下とフランコが待ってくれていた。

「相変わらず勇ましいね」

クリストフ殿下が笑っているのは、わたしが右肩にグレポンを担いでいるせいだろうか。

「カッコいいと言ってくださいません？」

あごをツンと上げておどける。

さらに笑ってくれるだろうと思っていたのに、クリストフ殿下が予想とは違う反応をした。

「ああ、最高に素敵だよ。リーゼ」

琥珀色の目を細めて甘やかに微笑んだのだ。

心臓がドキンと跳ねる。

よくわからないけれど、心臓に悪そうだからその微笑みはやめてほしい。

「では、そろそろ」

フランコが足元の地面に手をかざすと、青白く発光する魔法陣が現れた。

馬車が見当たらないと思ったら、まさか転移魔法を⁉

「リーゼ、この魔法陣は一方通行だ。もうここに帰ってくることはできない。それでもいいね？」

「はい」

頷いて生家を振り返る。

生まれてから十八年間過ごしてきた屋敷に心の中で別れを告げた。

クリストフ殿下が、緩く抱きしめるようにわたしの背中に長い両腕を回す。

この胸の高鳴りが、新天地へと向かう高揚感のせいだけではなかったことに、わたしはまだ気付いていなかった。

第二章　除湿スライム

「んんーっ！」

気持ちよく目覚めたわたしは、両腕を上げて大きく伸びをした。

天蓋付きのベッドから飛び出すと絨毯敷きの床を横切って窓辺に向かう。そしてドレープたっぷりのシルクカーテンを勢いよく開けた。

窓の向こうに広がる景色は、岩肌がむき出しになった山々とその高い位置から流れ落ちる大きな滝。

なだらかな田園地帯が広がっていたセレンスタとはまったく異なる光景に目を奪われる。

デロア王国は岩山に囲まれた盆地にある小国だ。

北にそびえ立つ岩山を隔てた向こう側に母国セレンスタ王国がある。

セレンスタ側から見ると、急峻《きゅうしゅん》な渓谷の先に大きなメディ湖があり、その先にデロア王国がある。標高が同じであれば楽に往来できているはずだが、滝の分だけの落差があるため陸路で山をぐるっと迂回《うかい》しなければならない。

近くて遠い隣国。

セレンスタでそう呼ばれているのは位置関係だけの話ではない。

デロアが秘匿《ひとく》事項の多い国であることも関係している。

優秀な魔術師が多く存在していて大きな結界が張られているため、他国からの一方的な侵入を許さない。

デロアが小国でありながら独立国家を維持している理由はそこにある。

そして、水路でつながっているセレンスタを唯一の友好国と認定し、盛んに交易をして親交を深めている。

「エステリーゼ様、おはようございます」

ノックの音の後に入ってきたメイドが、窓辺に立つわたしに気付いて慌てた様子をみせる。

「エステリーゼ様。カーテンを開けるのは、わたくしどもの仕事でございます」

幸いなことに言語は共通だ。

「あら、いいのよ。いつまでもお客様気分ではいられないもの」

デロアで朝を迎えるのはこれが三度目。

準備が整うまで不便をかけて申し訳ない――クリストフにそう言われて案内されたのは、なんと王城の一角にある豪華な貴賓《きひん》室だった。

わたしは母国を追われた身だ。いつまでもこんな好待遇を受けていていい身分ではない。

デロア王国の中でも辺鄙《へんぴ》な田舎に小屋でも用意してもらえれば、そこでのんびり魔道具を作りながらスローライフを送っていこうと考えていた。

それなのにクリストフときたら、転移魔法でこちらに着いて早々わたしを国王陛下夫妻に引き合わせたのだ。

よそ者を勝手にかくまうわけにもいかないという事情もあったのだろうけど。

国際親善から帰国した王太子が、隣国に追放された異性の魔道具士を連れ帰ってきたとなれば、どんな手を使って取り入ったのかと邪推《じゃすい》されてもおかしくない。

即刻国外退去を言い渡されても潔く受け入れる覚悟で謁見に臨んだが、糾弾されるどころかなぜか歓待されて驚いた。

「よくぞ来てくれた。よろしく頼む」

「早くこの国に馴染めるように、なんでも言ってちょうだいね」

満面の笑みを浮かべる国王陛下夫妻に向かって、

「いや、ちょっと反応おかしくないですか？」と言えるはずもなく、曖昧な笑顔を返すほかなかった。

おまけにクリストフから、

「殿下はつけないでくれないか。他人行儀で嫌だ。クリスと呼んでくれと言ったよね？」

と言われ、それ以降はクリス様と呼んでいる。

その翌日にはクリストフに王城と周辺を案内してもらい、昨日は城下町を案内してもらった。

もしや城下町でわたしの住まい探しをするのだろうか。

もっと家賃の安そうな辺鄙な田舎で十分なんだけど……とハラハラしていたら、ただの町案内で終わって肩透かしを食らった。

この二日間でわかったのは、クリストフが王城や城下町で笑顔を絶やさず気さくに振る舞い、みんなに慕われていることだ。

人気者のクリストフ殿下が連れている女性はいったい誰なのかと、行く先々で好奇心旺盛な視線を向けられたわたしは、冷や汗をかきながら身の縮むような思いをしていたけれど。

もうひとつ気付いたことは、デロア王城内にお掃除亀さんがいたことだ。

自分の作った魔道具が使われているのを見かけると、嬉しさとこそばゆさがわき上がってきてにんまりしてしまう。

しかし、魔法を使えば同じ作業を簡単にこなせるのではないだろうか。

「デロアには優秀な魔術師がたくさんいると聞いています。それでもお掃除亀さんが必要なんですか？」

尋ねてみるとクリストフが苦笑した。

「たしかにそうなんだけどね。床を隅々まで掃除したり、窓を一枚ずつきれいにするためには持続して魔法を使い続けないといけないだろう？　手間としては手作業でするのとあまり変わらないんだ」

そうかもしれない。

「しかも」と、クリストフが続ける。

「一瞬ですべてきれいにできる高度な魔法を使える者は、掃除のような作業はしない立場だからね」

これには激しく首肯《しゅこう》した。指パチン！だけで床も窓もピッカピカにできるような腕の立つ魔術師は、そもそも王城の掃除などしない。

それはどこの国でも同じなのだろう。だからこそ、魔道具が役に立つ。

「どんな凄腕の魔道具士がこの亀を作ったんだろうって、感心していたんだよ」

「実を言うと、わたしは魔力が弱いのです」

そう告げると、クリストフが先を促すように小さく頷いた。

「魔道具作りは膨大な魔力を瞬発的に使用するのではなく、一定量の魔力を持続的に回路に流す必要があるので、魔力の弱いわたしに向いているんです」

「なるほど、魔道具の申し子というわけか。カッコいいね」

魔力の弱さが強みだと褒めてくれたのは、これまで母だけだった。

「ありがとうございます！」

嬉しくなって胸を張ると、クリストフが目を細めて笑った。

今日は、クリストフの妹と対面する予定になっている。

ディアナ・エディ・デロア。年齢はわたしと同じ十八歳。留学を終えて、西方の大国シュリバスから帰国してきたところらしい。

ディアナは留学中にシュリバスの王子に見初《みそ》められ、結婚がきまっている。

今回は輿入《こしい》れに向けた準備のための一時帰国のようだ。

「きっとリーゼとディアナは気が合うと思う」

クリストフはそう言っているが、婚約破棄されたばかりのわたしと親交を深めて大丈夫なんだろうか。縁起が悪い気がしてならない。

そんな心配をしてヤキモキしていた昼下がり。

クリストフに誘われてテラスでお茶をしているところへ、かわいらしい女性が現れた。

艶《つや》やかで真っすぐなターコイズブルーの髪を揺らしながら、彼女がにっこり笑う。

髪はクリストフより明るい色だけれど、琥珀色に輝く目がよく似ている。間違いなく彼女がクリストフの妹のディアナだろう。

わたしは椅子から立ち上がってカーテシーをした。

「ディアナ様、はじめまして。セレンスタから参りました、エステリーゼと申します」

追放されて縁を切った身だから家名は名乗らない。

すると、目を一層キラキラ輝かせたディアナに手を握られた。

「ようこそ、エステリーゼ様！　リーゼお姉様とお呼びすればいいかしら？」

「……は？」

思わず間抜けな声が漏れる。

同い年のはずなのに、もしかしてわたし老けて見える？

「わたしはただの魔道具士ですので、リーゼとお呼びください」

「ええ、知っています！　お掃除亀さんと冷蔵庫を作った方でしょう？　クリスお兄様から聞きました」

どうやらこの兄妹は、お互いの近況報告をするほど仲がいいらしい。わたしとアンジェラとは大違いの仲のよさだ。

ただ、クリストフがわたしに関してほかにどのように言っていたのか気になる。

ちらりとクリストフに目をやったところで、ディアナの明るい声が響く。

「わたくしのことも、ディアナと呼んでください。どうぞ末永くよろしくお願いします」

末永くとは⁉　デロアの王族は誰に対してもこんな挨拶をするんだろうか。

戸惑いながら微笑みを返すしかなかった。


その後もわたしは、王城に客人として留め置かれている。

「突然のことだったから、準備に時間がかかってね」

クリストフにそう言われてしまえば、こちらから強く言えることはなにもない。

そして彼はここ数日、デロア王国全体を覆う結界の強化で忙しくしている。

その間に相手をしてくれたディアナとは、すぐに打ち解けて親しくなった。

今日もテラスでお茶をしながらディアナとおしゃべりを楽しんでいる。

彼女は天真爛漫《てんしんらんまん》なお姫様だ。クリストフ同様頭の回転もよく、わたしの語る魔道具の話にも楽しそうに耳を傾けてくれる。

「せっかくこんなに楽しいリーゼと出会えたのに、お嫁に行かないといけないだなんて残念だわ」

そう言って頬をわずかに膨らませる仕草は、とてもかわいらしい。

シュリバスのライリー王子にもさぞや溺愛されていることだろう。

「ねえ、ライリー様との馴《な》れ初《そ》めを教えて！」

するとディアナは途端に頬を赤く染めた。

「えっと……彼は生徒会長で、いろいろとわたくしのお世話をしてくれたの」

公用語が違うため、言葉がたどたどしいディアナに根気強く付き合ってくれたらしい。一緒に過ごす時間が長くなるにつれ、互いに自然と惹かれていったようだ。

「そうしたらある日ライリー様に、こっちの言葉で『あなたのことが好きです』って言われて、わたくしはシュリバス語で『わたくしも好きです』って答えたの」

ディアナはそこまで話すと、耳まで真っ赤にして両手で顔を覆ってしまった。

なんて素敵なの！

わたしまでときめいて胸を押さえる。前世も今世も恋愛に無縁なわたしにとっては、うらやましい限りだ。

「ということは政略結婚ではないのね？」

もしかすると留学中に知り合ったと言いつつ実はお膳立てされたものだったのではないかと思っていたが、違ったようだ。

顔を上げたディアナが、まだほんのり赤い顔で頷く。

「そうよ。クリスお兄様だって政略結婚を嫌がっていたんだから、わたくしもそうする必要なんてないもの」

「ということは……」

わたしの言葉を遮《さえぎ》って、ディアナが前のめりで聞いてくる。

「次はリーゼの番よ。クリスお兄様との馴れ初めを教えてちょうだい」

クリストフとの馴れ初め？　グレポンをぶっ放す姿を見られた話からすればいいかしら。

小声でおずおずと尋ねてみる。

「ちなみにクリス様から、物騒な武器のことは聞いた？」

するとディアナはふっくらとした唇に人差し指をあて、少し考えるような仕草をした後に微笑んだ。

「聞いたわ。『撃ちぬかれた』って」

「ええっ⁉」

誤解だわ！　撃ちぬいただなんてとんでもない。どうしてそんな話になっているわけ⁉

「安心してちょうだい。撃ちぬいてなんていないから」

誰かに聞かれてやしないだろうかと、ヒヤヒヤしながら周囲に視線を巡らせる。

「あら、おかしいわね。じゃあ婚約の話は？」

ディアナが首を傾げた。

「ええっ⁉」

またもや品のない声をあげてしまった。

ロベルトとの婚約はただの政略的なもので、恋愛感情は一切なかった。おまけにアンジェラに取られる形で婚約破棄に終わっている。

ディアナの初々しさあふれる想い人との馴れ初めを聞いた後に、妹に婚約者を取られた話なんてして大丈夫かしら……。

ごまかそうと強引に話を戻してみる。

「ところで！　クリス様には婚約者はいらっしゃらないの？」

さっきディアナに聞こうとして遮られてしまった質問だ。

「え……？」

今度はディアナが琥珀色の目をまん丸にして言葉を失っている。

そして、小さく咳払いすると神妙な顔つきで聞いてきた。

「リーゼは、クリスお兄様にどう言われてこの国へ来たの？」

なるほど、わたしがデロアへ来たいきさつを知りたいって意味だったのね！　それならば、恥を忍んですべて正直に話したほうがいいだろう。

わたしはディアナに、夜会で起きた出来事をかいつまんで説明した。

黙って頷きながら聞いていたディアナが口を開く。

「それで、クリスお兄様にどう言われたの？」

「環境を整えるからデロアに来ないかって」

「それだけ？」

あの時のことをよく思い返してみる。

「たしか、クリス様の名にかけてわたしの人生が未来永劫安寧であることを誓う、だったかしら」

そんなことを言われた気がする。

「それでわたしは、魔道具士としての腕をずいぶん高く買ってもらっていることに恐縮して『うぬぼれてもいいのでしょうか』って答えたわ」

するとディアナは、どういうわけか黙って目をつむってしまった。

悩ましいことでもあるかのように、わずかに眉を寄せている。

なにかマズいことでも言っただろうか。

やっぱり婚約破棄された話なんて、しないほうがよかったのかもしれない。

焦っていると、何度か小さく首肯《しゅこう》したディアナがカッと目を開けて立ち上がった。

「それは、クリスお兄様が悪いわ！」

いや、クリストフはなにも悪くない。

それともクリストフが『撃ちぬかれた』と虚偽の報告をしたことを言っているのだろうか。

困惑しているところへ、クリストフがフランコを伴ってやってきた。わたしへの責任を感じているのか、クリストフは忙しい合間を縫って毎日必ず会いに来てくれる。

「俺がなんだって？」

ディアナの声が聞こえていたらしい。

「クリスお兄様！」

ディアナがふたりに駆け寄り、わたしには聞こえない小声でなにか話している。

「だから言っただろう！　わかってなさそうだって！」

突然フランコがクリストフを責めるような大声を出した。

彼はクリストフと主従関係にあるけれど、幼い頃から付き合いがあるようだ。だからたまにこうして砕けた口調になる。

「クリスお兄様、頑張ってちょうだい」

ディアナが肩を落とすクリストフの背中を叩いて励ましている。

どうしよう。わたしに関する困りごとのような気がしてならない。

もしかして――！

「あの」

あることに思い当たったわたしは、立ち上がって三人に駆け寄った。

「デロアにそんな習わしがあったことにこれまで気付かずに申し訳ありませんでした」

「リーゼ、わかってくれたんだね？」

クリストフが嬉しそうにパッと顔を輝かせる。

わたしは大きく頷いた。

「はい！　本日ここを出ていきますね！」

おそらくデロアには『客人自らが暇を告げなければ、いつまでも世話をし続けなければならない』というような習わしがあるのだろう。

それに気付かず長居してしまった自分の厚かましさが恥ずかしい。

しかし、クリストフたちが一斉に裏返り気味の声をあげた。

「ええっ⁉」

推測が間違っていただろうか。三人の反応が思っていたものとは逆だ。

てっきり安堵してくれるものだとばかり思っていたのに。

「リーゼ、ずっとこのままここにいてくれていい。いや、いてくれないと困る！」

クリストフがわたしの両肩に手を置き、琥珀色の目を揺らしながら焦ったようにこちらを見つめている。

よくわからないけれど、いまわたしがいなくなるほうが迷惑をかけることになるようだ。

「いいんでしょうか……？」

「もちろんだ」

力強く頷くクリストフを、フランコが憐れむような目で見ている。

「クリスお兄様、しっかりしてちょうだい！」

ディアナは再びクリストフの背中を励ますように叩いた。

クリストフの抱える葛藤《かっとう》がさっぱりわからないわたしは、ただ困惑していた。


翌日は朝からどんよりした雲に覆われる天候だった。

窓を開けると風が雨特有の匂いを運んでくる。

案の定、朝食を食べ終える頃には小雨が降りはじめた。

王城の中庭を散歩しようとディアナと約束していたけれど、この天気では無理だろう。その代わりにわたしの部屋でディアナと一緒に刺しゅうをすることにした。

ライリー王子にお手製の刺しゅう入りのハンカチをプレゼントするらしい。

「あら！　リーゼは器用なのね。それはお花？　すごく上手だわ」

こちらの手元を覗いてきたディアナが目を丸くしている。

細かい作業が好きな上に得意なのは、前世からの筋金入りだ。

「繊細な刺しゅうと魔道具の魔法付与はよく似ているのよ」

最初から最後まで手を抜かず丁寧に細やかに。そういうところがよく似ていると思う。

ディアナの刺しゅうは上手とは言い難いけれど、配色に独特のセンスがある。

「ディアナのダルマも、なかなかだと思うわ！」

もちろん褒めたつもりだったが、ディアナが怪訝な顔をする。

「ダルマってなあに？　これはリンゴよ」

しまった！　この世界にはそもそもダルマは存在しないはずだ。

「わかってるわ、リンゴよね！　わたしの出身地にはダルマっていう名前のリンゴがあるの！」

嘘をついてごめんなさいとダルマに謝りながら必死にフォローした。

自動で刺しゅうできるミシンのような魔道具だってその気になれば作れると思う。

でも想い人に贈る刺しゅう入りのハンカチは、愛情や願いを込めてひと針ひと針縫ってこそ価値があるはずだ。

上手とか下手とかの問題ではない。

作業が一段落したところで休憩を挟んだ。

ディアナがソファに背中を預けながら裁縫道具に視線を落とす。

「湿気が多いと針が錆びやすいから、使い終わったらよく磨いておいたほうがいいわ」

ディアナが今度は、窓の外を憂鬱そうに眺める。

「それに、雨の多い季節は王城のあちこちがカビ臭くなるのよ」

それは前世の日本の梅雨みたいなものだろう。

セレンスタはカラッとした気候だったため、湿気を気にしたことはなかった。

「下手すると本がカビたりするわよね」

前世でのことを思い出しながら答える。

「それ！」

ディアナが身を乗り出した。

「図書室がなんだかカビ臭いし、本もジメジメしているし。地下の食糧庫はもっとひどいって聞いたことがあるわ」

風通しが悪く湿気のたまりやすい地下の食糧庫……想像しただけで怖くなる。

ここまで考えたところでノックの音が響き、クリストフが部屋に入ってきた。

「今日も楽しそうだね」

にこやかにわたしの横に腰かけるクリストフの所作《しょさ》は、いちいち麗しい。

ディアナから聞いた話によると、この王城を中心にデロアの国土をぐるっと囲むように結界を作る柱が数本建てられているらしい。

その結界があらゆる侵入者から国を守っているのだとか。

昔、デロア国民の高い魔力に目を付けたならず者たちに子供が攫《さら》われ、外国に売られる痛ましい事件が頻発したようだ。

それが強固な結界を張るきっかけになったというから怖い。

強い結界を維持するためには定期的に柱に魔力を注がなければならない。クリストフは数日かけてすべての柱に魔力を注入する作業をしていると聞いた。

ということは、クリストフは相当な魔力の持ち主なのだろう。

「結界のお仕事はお休みですか？」

「昨日で終わったよ。雨の多い季節になると国境の山にスライムが大量発生して侵入してこようとするから、間に合ってよかった」

スライムはゼリー状のプヨプヨした体に目と口がついている魔物だ。

魔物といっても積極的に人間を襲ってくるような凶暴性はないし、エサは水のみ。

それゆえに、見た目のかわいらしさから一時期ペットとしてスライムを飼育することがブームになった時代があったようだ。しかし単体でも分裂してどんどん増えていくため手に負えなくなり山に捨てる飼い主が続出し、各国でスライム飼育禁止条例ができたと聞いている。

かつてのブームの名残で山に捨てられたスライムがそこに定着し、スライムだらけになっている山も大陸各地にあるらしい。

もしかするとデロアの岩山にもそういう場所があるのだろうか。

「それに、いまはもっと大事な仕事があるからね」

クリストフが意味ありげに琥珀色の目を光らせてこちらを見つめてくる。

大事な仕事……そうだわ！

「いいことを思いつきました！　その大量発生するスライムを捕まえて、除湿剤にしちゃいましょう！」

わたしは魔道具士なのだから、本格的にその職務に励まなければならない。

クリストフの意味ありげな視線は、そろそろ働けという意味だったのだろう。

それに応えるべく、こぶしを握って立ち上がる。

「クリス様、スライムの捕獲のために騎士様をお借りしてもいいでしょうか」

「ああ、わかった」

クリストフが少し残念そうにしているように見えるのは気のせいだろうか。

午後には雨があがり、スライムを狩るにはうってつけの環境となった。

動きやすいパンツスタイルの軽装で、待ち合わせ場所の王城の門へ行く。

ちなみにディアナも行きたがっていたけれど、お留守番だ。

嫁入り前に万が一怪我でもしたら大変なことになる。

彼女はとても不満げに頬を膨らませていたが、仕方ないだろう。

門にいたのはクリストフとフランコのふたりと馬が二頭だった。

「助っ人の騎士様はどちらに？」

視線を巡らしてみたものの、あとは門の横に立つ衛兵しか見当たらない。

「俺では不満か？」

驚いてフランコを見上げる。

「えっ！　だってフランコ様は、クリス様の護衛任務があるのでは？」

スライム狩りは要人警護を放り出してまですることではない。

「つまり、俺たち三人で行こうってことだよ」

クリストフはそう言うや否や、わたしをヒョイッと抱えて馬の鞍に乗せた。

ええっ！　スライム狩りは一国の王太子がするような仕事でもないのに⁉

わたしの戸惑いなどどこ吹く風といった様子でクリストフがわたしの後ろに乗り、フランコはもう一頭の馬に跨《また》った。

目的地は、デロアの結界内にあるスライムの生息地だ。

馬に揺られるとクリストフの懐と自分の背中がぴったり密着する。体温を感じるこの距離感にドギマギしながらふと気付く。

「魔法陣は使わないんですか？」

クリストフたちはいつも、国境沿いにある結界の柱まで魔法陣を使って一瞬で転移しているはずだ。

こうやって馬に跨ってのんびり移動することも日常的にあるんだろうか。

「セレンスタから魔法陣を使って戻ってきたのが最初の過《あやま》ちだったと気付いたんだ。あの時に馬車を使って陸路でリーゼと時間をかけて旅をしていればと、昨晩どれほど後悔したか……」

クリストフの自嘲気味の声を聞いて、顔がかあっと熱くなった。

その通りだわ！　わたしったら魔法陣のあまりの便利さを目の当たりにして、それが当たり前だと勘違いしていたのね？　なんて厚かましいのかしら。

もしかするとそれに気付かせるために、こうしてクリストフが自らスライム狩りを手伝うことにしたのかもしれない。

「至らない点が多くて申し訳ありません」

「リーゼのせいではない。これから時間はたっぷりあるから、焦らず少しずつ頑張るよ」

「早くこの国に馴染めるように、いろいろ教えてください」

背後からクリストフがひゅっと息をのむような音が聞こえる。

「リーゼ……どこまでわかって言ってる？」

「少しずつわかってきたところです！」

もちろん、なんにもわかっちゃいなかった——わたしがそれに気付くのは、もう少し先のことだ。

スライムがよく発生するという山間の狭い平地に到着した。

地面をびっしり覆う黄色い苔《こけ》は湿気をたっぷり含んでいて、ブーツで踏むたびにジュワッと水がにじむ。いかにもスライムが好みそうな環境だ。

視線の先では、いきのよさそうな水色のスライムがポヨンポヨン跳ねている。

十匹ほどいるだろうか。

「生け捕りにしなくていいんだね？」

こちらに向かって尋ねながらクリストフが一歩前に出た。

「はい、倒しちゃってください。なるべく損傷を少なくお願いします」

「わかった」

下がっているように手で合図される。

わたしの横に立つフランコが動く様子はない。

ということは、クリストフひとりで倒すつもりなのだろう。

スライムはおとなしい性質だから、攻撃しても反撃はされない。

しかし、うまく仕留めなければ破裂して外皮がボロボロになってしまうことがある。それではこれから作ろうしている魔道具には適さない。

損傷を少なくするためにクリストフがどんな魔法を使うのか、期待が募《つの》る。

お手並み拝見だわ！

わたしはワクワクしながら、邪魔にならないよう下がって見守ることにした。

クリストフが右腕をゆっくり天に向かって上げる。その手が振りおろされると同時に複数の稲妻が発生して、スライムを正確に貫いた。

スライムたちが一斉に動きを止めてひっくり返る。

「すごい！」

思わず拍手した。

魔法の五大要素は、地・火・水・風・雷だ。これは基礎的な魔法で、初歩レベルであればたいていの人が使える。

ただ、クリストフがやったような雷を複数同時に発生させ、そのすべてを正確に的に当てて瞬殺する魔法は、上級レベルに該当する。

かなりの魔力と鍛錬が必要だと思う。やはり彼は相当腕の立つ魔術師だ。

「これでオーケー？」

口の端を上げ目を細めながら振り返ったクリストフのドヤ顔に、心臓がドキンと跳ねる。

「ありがとうございます！」

急に落ち着かない気持ちになって、声が上ずってしまう。

気恥ずかしさを紛らわすために、わたしは転がっているスライムに向かって駆け出した。

スライムの外皮は鮮度が命だ。

このまま放置してもゆっくりしぼんでいくけれど、それでは硬くなってしまう。だから急がなければならない。

スライムの口に手を突っ込むと、魔核を探り当てて引き抜いた。この丸い石は魔物の心臓のようなものだ。これもまた、魔道具の素材として使える。

魔核を取り除いたスライムは急速に縮んで外皮だけになった。焦げてもいないしキズもついていない、弾力も抜群の上質な素材だ。

ほかのスライムにも素早く同じ作業を繰り返し、すべて回収し終えた。

もう少しあれこれ手間取るかと思っていたら、こんなにもあっさり作業が終わるとは。これもクリストフのおかげだ。

「その作業、なんだか……あまり絵面《えづら》がよくないな」

フランコのつぶやきは、わたしがスライムの口になんのためらいもなく手を突っ込んだことを言っているのだろうか。

「素材の鮮度を保つために素早く処理するのは、基本中の基本ですから！」

素材の良し悪しで魔道具の完成度が変わってくる。

本来魔道具士は、素材の採集には関わらないのが一般的だ。

セレンスタには魔物を狩って素材を売ることを生業《なりわい》にしているハンターたちがいて、彼らが所属しているギルドを仲介して素材のやり取りをしていた。しかしそれでは素材の品質が悪く、使い物にならないこともよくあった。

だからわたしは、魔物狩りに同行して素材の採集の方法や魔核の取り出し方を実践的に学んできた。

その経験がいまこうして役に立っているのだから、魔物狩りへの同行を許可してくれたローウェン先生には感謝しないといけないだろう。

そして犠牲になってくれたスライムたちに敬意を表するためにも、すごい除湿剤を作ろうと思う。

スライムのほかに地面や山肌に生えている苔も数種類採集した。

帰りの馬上では、クリストフと魔石の話で盛り上がった。

「デロアの魔石鉱山は、この近くですか？」

「鉱山は南の方にある」

この世界には、魔力を注入できる鉱石が存在している。

それが「魔石」だ。

魔石の用途は様々だ。魔力が込められていると淡く光るため、魔石そのものを明かりとして使用することもある。

また、魔石の着脱によって魔道具を動かしたり止めたりと電源の代わりとして用いることもある。前世のバッテリーのような役割といえばわかりやすいだろうか。

魔石はなにかと有用だ。

ここデロア王国には、世界有数の採掘量を誇る魔石鉱山がある。大量の魔力を込めた上質の魔石を諸外国に輸出することでこの国は潤っている。

無論よその国にも魔石鉱山はあるし魔力を注ぐことができる魔術師もいるけれど、デロア産の魔石の品質にはかなわない。

セレンスタでは、多少値が張ってもデロア産の魔石を買い求める貴族が多かった。

「今度、鉱山も案内するよ」

「ありがとうございます！」

世界有数の魔石鉱山を見てみたい。

「わたしのグレポンは、火の魔石ひとつで三回発射できるんですよ」

「今度、俺も使ってみていいかな」

見上げるようにしてクリストフを振り返る。

「クリス様なら、もっとすごい火球を魔法で飛ばせますよね？」

わたしのグレポンは音が派手なだけで、飛び出す火球の大きさはピンポン玉程度のかわいいものだ。

先ほどの稲妻から察するに、クリストフは巨大な火の玉を複数同時に落とせそうな気がする。

「だってあの道具は、カッコいいじゃないか」

その笑顔にまたドキリとして、なんだかフワフワしたまま王城に帰り着いたのだった。


除湿スライム。

材料は、スライムの外皮と苔。

空気中の湿気を吸い込むだけの簡単な魔道具だ。使い方によっては、冷やして氷嚢《ひょうのう》や保冷剤として利用できる可能性もある。

スライムの外皮を一枚犠牲にして切り分け、どの苔との相性が最適か一晩水に浸して検証してみた。その結果、最も吸水力のある組み合わせがキイロ苔とアカ苔であることを突き止めた。

翌日、材料一式を持ってディアナのもとを訪ねる。

ディアナに魔道具の魔法付与を見せる約束をしていたためだ。

スライム狩りに同行できずにむくれていた彼女を、この約束でどうにかなだめたのだ。

そんなわたしに、サプライズが待っていた。

「リーゼ、早く。こっちよ」

ディアナに手を引かれ、よくわからないままやってきたのは王城の敷地の外れの一角。

レンガ造りの小屋の戸口に、クリストフが立っている。

「さあ、中へ」

クリストフに促されて中へと足を踏み入れた。

小屋の中央に大きなテーブルと、窓際に小さな机があり、横には棚も置いてある。その棚には、木桶のほかに魔石と思《おぼ》しき石が並んでいるではないか。

もしかして、アトリエを用意してくれたの？

学校の魔道具研究室が石造りの頑丈な建物だと話したことを覚えてくれていたのだとしたら、なんという気遣いだろう。

嬉しさのあまり言葉を失ってしまった。

「倉庫を片付けただけで申し訳ない。しばらくはここでいいだろうか」

クリストフの声はなぜか気遣わしげだが、なにも問題ない。

王城の敷地の中でも静かな場所だから、集中したい時にもちょうどいいだろう。

「ありがとうございますっ！　十分すぎます！」

こんな場所を用意してもらえるだなんて、どうお礼を言えばいいかわからないほどに感激している。

「とても素敵なアトリエです」

クリストフを見上げると、彼はホッとしたようにふわりと笑った。

「必要なものがあればなんでも言ってくれ」

ここで背後から、んんっと小さな咳払いが聞こえた。

振り返れば戸口にフランコが立っている。

「先ほどからディアナ様が外でお待ちですが」

あら大変。ディアナのことをほったらかしにしていたわ！

「ディアナもありがとう」

「いいのよ。もっとクリスお兄様と熱く見つめ合ってもらいたかったのに、フランコったら野《や》暮《ぼ》ねぇ」

ディアナがすました顔で入ってきた。

さっそく中央の大きなテーブルに材料を置く。吸魔タオルを広げ、その上にスライムの外皮と苔を並べた。

「数種類の苔とスライムとの相性を調べてみたんですが、キイロ苔とアカ苔の組み合わせが一番吸水性が優れていました」

昨夜の検証実験の結果を説明しながら、キイロ苔とアカ苔をそれぞれひと掴みスライムの口の中に突っ込んだ。後は魔法を付与するだけだ。

今回は回路が単純だから下書きなしで、スライムの外皮に直接線を引く要領で行う。

準備が整ったところで三人を振り返った。

「じゃあ、これから魔法の付与を始めるわね」

ディアナが顔を輝かせる。

しかし、よく見ようとこちらへ近寄ろうとしたディアナをフランコが止めた。

「お下がりください！　爆発するかもしれません」

まあ、なんて怖いことを言うのかしら。

アンジェラのせいで命を落としかけたグレポンの話と同じ感覚で言っているのかもしれない。

大丈夫にきまっていると返そうとして、ふと危険性がゼロではないと思いとどまった。

万が一ディアナが怪我でもするようなことがあっては大変だ。

「これをどうぞ」

予備の吸魔タオルをフランコに渡す。

フランコがクリストフとディアナを守るようにタオルを広げた。

「フランコ、もっと腕を下げてちょうだい。見えないじゃないの！」

「なりません、ディアナ様」

「もうっ！」

そんなやり取りに頬が緩みそうになるけれど、集中しなければならない。油断は禁物だ。

肩の力を抜き目を閉じてふっと息を吐くと、瞼《まぶた》を開けて唇を引き結ぶ。スライムの外皮に人差し指を当て、水魔法を流しながら魔導回路を描いた。

付与を終えたスライムが、ぷるんと膨らんだ。

手のひらに乗るサイズで、目と口はついたまま。本物のスライムのミニチュアのような見た目をしている。

目と口をつけたままのほうがかわいいと思って、あえて残してみた。

「完成よ」

ディアナに差し出す。

両手で大事そうに受け取ったディアナは、目をキラキラさせて除湿スライムに頬ずりしている。

「なんてかわいいのかしら。これ、わたくしの部屋のインテリアにしてもいい？」

そんなに気に入ってくれるとは、魔道具士冥利《みょうり》に尽きる。もちろん快諾した。

「湿気を吸い取ると中に水が溜まって大きく膨らんでいくの。色が変わったら満タンのサインよ。楽しみにしておいてね」

「さっそく部屋に置いてみるわ」

アトリエから飛び出していくディアナを見送ると、再び大きなテーブルに戻る。

残りの材料もすべて除湿スライムにしてしまおう。

実際に作っているところを見せたおかげで、フランコも危険性は低いとわかってくれたようだ。クリストフがよく見ようとすぐそばに寄ってきても、もう止めようとはしない。

手早くもうひとつ作る。

するとクリストフが完成した除湿スライムを手に取って、物珍しそうに手触りを確認したり回路を見たりしている。

「水魔法でこれと同じ図を描けばいいのか？」

「クリス様もやってみますか？」

除湿スライムの魔導回路自体はとても単純な図形だ。やってみたくなるのも無理はない。

「ぜひ」

クリストフが目を輝かせる。

昨夜検証のために一部を切り取ったスライムの外皮を取り出し、短冊形に切り分ける。それを吸魔タオルの上に置いた。

「これで練習してみてください。魔法の出力は最小で」

少年のようにワクワクした顔で人差し指を当てたクリストフが、次の瞬間、顔を歪ませる。

「うわっ！」

スライムの外皮がドロドロになって穴が空いている。

「流す魔力が強すぎたみたいですね」

ありがちな失敗だ。魔力の高い人はどうしてもそうなってしまう。

「最小限にしたつもりだったんだが……」

納得いかない顔でクリストフが指先を見ている。

後ろに立っていたフランコが、外皮の切れ端を手に取った。

「俺も試してみていいだろうか」

フランコも興味を持ったらしい。

「フランコ、これは相当難易度が高いぞ」

だから無理だとでも言わんばかりの口調でクリストフが言う。

もしかするとフランコの魔力も相当なものなんだろうか。

「飛び散ったら掃除が面倒なので気を付けてくださいね」

ハラハラするわたしをよそに、フランコの魔法付与は実に繊細だった。

太い武骨な指をゆっくり動かしていく。

流す魔力は及第点だったけれど線がブレブレで、途中でこれはダメだとあきらめてしまったらしい。どうにか回路をつないだが、なにやら妙な塊が出来上がった。

それでも初心者でここまでやるとはなかなかだ。

「フランコ様、すごいです！　下書きしてから指でなぞれば、うまくいくかもしれません！」

手を叩いて褒めると、フランコが得意げに笑う。

「よし、次は下書きしてやってみよう」

「待て、抜け駆けは許さないぞ。リーゼ、もう一度やってみせてくれ」

クリストフに言われてもう一度お手本を見せることにした。

魔力を流しながら、ゆっくり横に指を滑らせる。

浮かび上がった線をクリストフがじっくり観察している。

「すごいな。ピンと張った糸のようだ」

魔力が弱い分、均一に流せるよう訓練を重ねてきた賜物《たまもの》だ。

最初は母に器用だと褒められたことで気をよくして遊び半分に。本格的に魔道具士を目指してからは、魔力を流す量を細かく調整できるように日々研鑽《けんさん》し続けている。

「一朝一夕でできるようにはなりません」

それは、昨日クリストフが見せてくれた魔法にしても同じことだろう。

しかしこの言葉がクリストフの探求心に火をつけたらしい。

「リーゼ、コツを教えてくれ」

クリストフがやけに真剣な目をこちらに向ける。

そこまで頑張らなくても？と思わなくもないが、魔道具作りに興味を持ってもらえることは単純に嬉しい。

「針の穴に糸を通すような感覚です」

「なるほど。となると、かなり繊細だな」

その後もクリストフとフランコは張り合うように魔法付与の練習を続け、ついにスライムの外皮の切れ端がなくなってしまった。

クリストフの負けず嫌いな一面とフランコの意外な器用さを垣間見ることができて、わたしの頬は緩みっぱなしだ。

「フランコ、いまからスライム狩りに行かないか」

「望むところです」

ええっ⁉　クリストフは、なにを目指しているのだろう。

クリストフは王太子であり腕の立つ魔術師だ。魔道具の魔法付与の腕を磨いてどうするつもりなんだろうか。

しかし彼は、まるで新しいおもちゃを目の前にぶら下げられた少年のように目をキラキラ輝かせている。こうなったら止めるのは難しそうだ。

「魔核を取る作業が必要なのでわたしも……」

立ち上がろうとしたわたしをフランコが手で制す。

「心配ご無用。俺に任せてくれ。騎士として立派にやってみせよう」

「そうだね。ではその作業はフランコに任せるよ」

「ええっ⁉」

楽しそうにそんなやり取りをしながら出ていくふたりを見送った。

ひとりになったところで間借りしている客室へトランクを取りに行き、アトリエに運び込む。

ちょうどよかった。苗木の生育実験をそろそろ再開したいと思っていたところだ。賓客用の部屋でするのはさすがに憚られてどうしようかと思っていたが、このアトリエでなら問題ないだろう。

アトリエの横にある井戸から木桶に水を汲み、苗木を入れる。さらにそこへ、先ほどクリストフとフランコがさんざん失敗した穴だらけのスライムの外皮も投入する。

苗木の木桶は、窓からの光が差し込む位置に置いた。

そのタイミングでディアナが戻ってきた。

「ねえ、ディアナ。試しにこれを、湿気が多くて困っている場所に置かせてもらってもいいかしら」

完成させた除湿スライムを見せると、ありがたいことにさっそくディアナが取り計らってくれた。

王城の文書保管庫と図書室、そして地下の食糧庫に除湿スライムを運ぶ。

食糧庫には小麦粉や根菜が入った麻袋や木箱が保管されているけれど、たしかにカビ臭かった。空気もジメッとしている。これでは衛生面が不安だ。

除湿スライムが役立ってくれることを願いながら置いてみた。

それから三日間、クリストフは時間を見つけては魔法付与の練習を続けている。

失敗したスライムは苗木の実験に使わせてもらった。

クリストフの隣でわたしもせっせと除湿スライムを作っている。

わたしの魔導回路の付与の様子をじっくり観察しては、首を傾げるクリストフの様子がおもしろい。

「おかしい。そこそこ腕の立つ魔術師だと自負していたのに、俺には魔道具士の才能はないのか、それともリーゼが器用すぎるのか、どっちなんだ……」

クリストフが肩を落としてため息をつく。

あなたに魔道具士の才能が必要ですか？と逆に聞きたい。

そこへディアナがやってきた。後ろには大きなスライムを抱えたフランコもいる。

「見て！」

元は手のひらサイズだったスライムが、両腕で抱えなければ持てないほどの大きさに膨らんでいて重そうだ。

色も、水色からオレンジ色に変化している。

これは、もうこれ以上湿気を吸い取ることができないというサインだ。ただし使い捨てではない。

空の木桶を用意してフランコからスライムを受け取った。

スライムの口の両端をつまんで開くようにすると、そこから水がジャーッと出てきた。

その水を流し入れると小さな木桶がいっぱいになる。たったの三日でこれだけの水分が溜まるとは、やはり湿気がすごい証拠だろう。

「ちょうどよかった。この水で実験したいことがあったの」

「口から吐き出している絵面がいただけないな」

フランコが顔をしかめている。

「じゃあ、お尻のほうから出すようにしたほうがいいかしら？」

「やめろ！　想像もしたくない！」

やはりフランコは、いかつい見た目とは裏腹に繊細な心を持ち合わせているようだ。

「これを天日干しにしたら元の大きさと色に戻って、何度でも繰り返し使えるのよ」

前世のシリカゲルのようなものだ。

水を絞り終えたスライムをディアナに返す。

「繰り返し使えるのは便利ね！　これを置いておくと部屋がジメジメしなくて快適なの」

喜んでもらえてよかった。

ということは、同時にほかの場所に置いた除湿スライムも、もうオレンジ色になっているかもしれない。

交換用に新しく作ったスライムを持って確認しに行った。

するとどこのスライムもオレンジ色になっていた。特に食糧庫のスライムは、三つともパンパンに膨らんでいる。

カビ臭さも緩和されたような気がする。

「湿気に悩まされていたので、大変助かります。これからもぜひ使わせてください！」

立ち会った食糧庫係の男性も喜んでくれた。

使った人が笑顔を見せてくれることが、最も魔道具士冥利に尽きる瞬間だと思っている。

交換用のスライムを手渡し、パンパンに膨らんだスライムはフランコに運び出してもらった。

アトリエに引き返すと、回収したスライムの水も木桶に移す。

その水をじっと眺めていたクリストフが口を開いた。

「ところで、実験とは？」

「魔道具が植物の成長促進にどう影響しているのか調べているところなんです」

窓辺に並べている苗木の桶と、彼がさんざん失敗したスライムの外皮に直接挿している枝に目を向けたクリストフが頷いた。

「なるほど、ではあれもそうなんだね？」

「そうです」

セレンスタにいた頃、魔道具演習場のイバラだけ成長が驚くほど早いことに疑問を持っていた。

焼いても焼いてもまたすぐに伸びてくる。わたしが三日にあげず演習場でグレポンを使用していたのは、そのためだ。

そしてある日気が付いた。

この場所で魔道具の試験を繰り返し行っていることとなにか関係があるかもしれない、と。

その疑念は、魔道具の芝刈り機の試運転をした後にイバラの成長が一時的にますます早くなったことで深まった。

ローウェン先生にも相談し、仮説論文も書いた。

「植物の異常成長と魔道具には関連があるような気がします」

先生は、そんな話は聞いたこともないと首を傾げていたけれど。

「決めつけてしまうのは早計《そうけい》ですね。きちんと検証して根拠を示しなさい」

その通りだと思ったわたしは、さまざまな条件下で植物がどう育つかを独自に研究しはじめたところだった。

もしも魔道具と関係があるのならグレポンでイバラを焼くのはマズい。だから、魔道具と植物の異常成長は関連がないからグレポンを使用しても大丈夫だということを立証したかったのがひとつ。

もうひとつは、うまくすれば農業に役立つなにかが作れるかもしれないと思ったからだ。

しかし結論が出ないまま追放されてしまった。

「もしも卒業までに結論が出なければ、魔道具院で研究を続けようと思っていたんですけどね……」

そのことを簡単に説明すると、クリストフは大きく頷いてくれた。

「興味深い研究だ。協力と援助は惜しまないから、思う存分やってくれたらいい」

「ありがとうございます！」

母国を追われ研究も続けられないだろうと思いながらも、あきらめきれずに苗木を持ってきて正解だった。

こんなによき理解者がそばにいてくれることに、心から感謝した。

第三章　虹彩認証システム

除湿スライムが王城の図書室や食糧庫で大いに役に立っている。

宝物庫や薪の保管庫でも導入したいと、王城の文官から正式な依頼が来た。

その噂が広まったのか、今度は王城で働く人たちからの個人的な製作依頼が舞い込むようになった。

雨の多い時期ということもあって、湿気に悩まされている人が多いようだ。

部屋に置いておくと髪の広がりやうねりが防げる、あるいはクローゼットの中に入れておけば衣類をカビから守れるといった具合に、除湿スライムが絶賛されている。

もうひとつほしいと追加注文するリピーターまでいるほどだ。

自分の開発した魔道具を喜んで使ってもらえることほど嬉しいことはない。

それはいいんだけど……。

「代金はおいくらですか？」

金額を聞かれて少々戸惑った。

セレンスタでは父がお金の管理をしていたため、直接代金を受け取った経験がない。

それに、スライムの外皮と苔はタダで入手しているから材料費はかかっていない。

しかしいずれ自立することを考えると、蓄えがあるに越したことはない。だから技術料としてほんの少しだけもらうことにした。

こうして王城内で魔道具士としてのわたしの名前が浸透していった頃、国王陛下から内々に話があると呼び出しを受けた。

いよいよここを出ていく時が来たのかもしれない。

アトリエの物が増えてしまったから、運び出すのが大変そうだ。

陛下との謁見の約束は一週間後。

それまでに引っ越し先を決めておいたほうがいいだろうか。

一週間で家探しをするために、まずなにをすればいいだろう？　買いそろえなければならないものもたくさんありそうだ。

そんなことをグルグル考えてアトリエで頭を抱えていたら、ディアナに提案された。

「ねえリーゼ。たまにはお兄様と城下町へお出かけでもしてきたら？　息抜きになると思うわ」

「そうね。もうちょっと社会勉強しておいたほうがいいかもしれないわ」

こちらへ来てすぐに城下町を案内してもらった時は初めてだったから、どこをどう歩いたのかすらよく覚えていない。

最近は除湿スライム作りで忙しくしていて、どこにも出かけていないことに気付いた。

魔道具作りに没頭すると、すぐこうなってしまう。

これからひとりで暮らしていくにあたり、もっとしっかり町の様子を知っておくに越したことはない。おあつらえむきなことに今日は快晴だ。

ふたつ返事で了承してくれたクリストフは、なにやら俄然張り切りはじめた。

「町の様子をじっくり見たいなら、町人のふりをして行こう」

クリストフの立場だと、お忍びで行かないことにはゆっくり歩くことすらままならない。

前回でそれはよくわかっている。

「わかりました。わたしも町娘の格好で行きますね！」

支度を終えて待ち合わせ場所の城門に向かう。

わたしは質素なデザインのワンピース。髪はおろしてレースのバブーシュカを着けた。足元はブーツ。どこにでもいそうな町娘の出で立ちだ。

クリストフはシンプルなコットンシャツにズボンとベスト。いつも整えてある前髪を手櫛《てぐし》でほぐし、印象的な琥珀色の目をメガネで隠している。ギルドに勤める青年風の装いで、顔を覗き込んでよく見なければ王太子殿下だとは気付かれないだろう。

「クリス様、完璧ですね！」

「リーゼはとてもかわいいね」

メガネの奥の目を細めてクリストフが甘く笑う。

そこへ現れたフランコの姿にギョッとした。

フランコが護衛騎士として常にクリストフのそばにいなければならないのはわかる。

でも、そのゴロツキに限りなく近い用心棒風の格好はないんじゃないかしら？

頭にはバンダナを巻き、上半身は筋肉を惜しげもなく晒した白いタンクトップ。黒いズボンの裾を押し込んだ皮のブーツには尖ったスタッズがバキバキにあしらわれている。

そのブーツはいったいどこで調達したものなんだろうか。

確実に悪目立ちしてしまうだろう。

貴族が居を構える住宅街を抜けたところで馬車を降りた。ここから先は店舗が並ぶ商業区だ。

「フランコ。おまえは大きく距離を取れ」

「……は？」

クリストフもフランコの装いのマズさを理解しているらしい。肝心の本人はまったく理解していないようだけれど。

それがおかしくてクスクス笑うと、クリストフがわたしの手を取って顔を覗き込んできた。

「楽しそうだね」

紺色の髪がサラリと揺れる。

「クリス様こそ楽しそうですね」

「リーゼ、ここから先は『様』をつけないこと。いいね？」

たしかにいつものように呼んでいては、身分の高い人だとバレてしまうかもしれない。

「わかりました。頑張ります」

クリストフが顔をしかめる。

「その口調も禁止。今日はデートだろう?」

そうだった。

ディアナにも、恋人同士がデートしているような雰囲気を醸し出しながら町をぶらぶら歩くのが一番あやしまれないと言い含められている。クリストフは人気者だから、身バレして囲まれたが最後、ゆっくり散策することなどできなくなる。

恋人のふりはせいぜい手をつなぐ程度だろうと思い込んでいたけれど、口調も大事だ。

「わ、わかったわ! クリス、今日はよろしくね」

クリスと名前を呼んだ瞬間、手をギュッと強く握られたように感じたのは気のせいだろうか。握られている手に視線を落としてからクリストフを見ると、彼は後ろに立つフランコに「もっと離れろ」と言っているところだった。

心なしか耳が赤い気もするけど、それはお日様のせいかもしれない。

商業区の市場は買い物客でにぎわっていた。さまざまな商店が建ち並び、肉を焼いている美味しそうな香りも漂ってくる。

物珍しさでキョロキョロしながら歩くうち、露台に並べられたアクセサリーが気になって足を止めた。

着飾るためのアクセサリーとして見ているわけではなく、魔道具の素材にできそうな物はないかと興味がわいたためだ。

指輪やペンダントヘッドにあしらわれた大きな石は、本物の宝石でも魔石でもなくガラス玉だろう。でもこれだけの大きさがあれば魔法付与がしやすいかもしれない。

大きさの問題があって魔道具のアクセサリー類はとても作りにくい。魔導回路を描くスペースが足りないのだ。

「この腕輪……」

幾何学模様が彫り込まれている銀製の腕輪を手に取った。

これだけの幅があれば内側にびっしり魔導回路を付与することも可能かもしれない。

ひっくり返したり内側の状態を確認したりしていたら、店の女主人が威勢のいい声をあげた。

「お兄さん、かわいい恋人がこれを気に入ったみたいだよ。買っておやりよ」

「もちろんそうさせてもらおう。いくらだ？」

ええっ、待って！　そんなつもりじゃなかったのに！

腕輪はさほど高価でもないがどうしようかとオタオタしているうちに、会計が終わってしまった。

「まいどありー！」

満面の笑みでそう言われたらもう、いりませんと言うのは野暮《やぼ》だろう。

クリストフがわたしの左手首に腕輪をはめてくれた。

「ありがとう」

なんだかくすぐったい気持ちになって自然と笑みがこぼれる。

微笑み合って、また手をつないで市場の中を歩きだした。

お返しにわたしもクリストフになにかしたい。

「ねえ、クリス。ここで食事しましょ。お返しにわたしがごちそうするわ」

いい香りが漂ってくる食堂の前で立ち止まる。

「いいね」

クリストフが嬉しそうに笑った。

人気のお店のようで、店内は満席だ。タイミングよくちょうど空いたふたり席に座る。

メニューはどうやらスープが主流らしい。

わたしはヒヨコ豆とキノコのスープ、クリストフは蒸し鶏のスープを注文する。

それを待つ間に壁に掲げられたメニューの一覧を眺めながら、ふと前々から思っていたことを口にした。

「デロアは、葉物の野菜を食べる習慣がないの？」

王城に居候《いそうろう》させてもらっている身として、出される食事の内容に一切の不満はない。

しかし、生野菜のサラダや葉物野菜を使った料理がほとんど出ない気がしている。

この店のメニューを見ても、葉物の野菜を具材にしているスープがない。

「少し違うね」

クリストフが苦笑する。

「農地が少なくて主食の小麦を育てるので精いっぱいなんだ」

言われてようやくハッと気付いた。

セレンスタは広大な農地が広がる緑豊かな国だったが、デロアは平地が少ない。

国土をぐるっと囲む岩山はところどころ苔むし、ツタが絡まっているだけで岩肌がむき出しだ。ゆえに山の斜面を利用した段々畑には適していない。

「だから新鮮な葉物野菜は最高級食材とされている」

クリストフの説明によれば、デロアでも葉物野菜が美容と健康にいいことは知られているらしい。

一部の貴族は領地で細々と葉物野菜を作って食べているが、市場には出回らない。

日持ちのする根菜や乾燥豆なら周辺諸国から輸入できるが、葉物野菜となると加工品に限られてしまうという。

国が違えば食糧事情もずいぶん違うものだと考えていると、苛立《いらだ》ちを含んだ声が店内に響いた。

「おい、俺の注文したスープはまだか！」

話に夢中になっていたから気付かなかったけれど、そういえばわたしたちのスープもなかなかテーブルに届かない。

「こっちもまだなんだけど！」

別のテーブルの女性も声をあげた。

「申し訳ありません。順番にお出ししますので少々お待ちを」

カウンター越しに店主が焦った様子で詫びて、厨房に戻っていく。

どうやらこのスープ店は、調理担当の男性と給仕担当の女性のふたりで切り盛りしている様子だ。夫婦だろうか。

厨房からは、ふたりがなにか言い争うような声も聞こえる。

厨房を覗くと調理用のコンロがふたつしかない。スープは大きな鍋に作り置きしてあるが、注文が入るたびにそれを小鍋に移して温め直している。

もう片方のコンロでは、サイドメニューの肉料理を調理しているようだ。

これでは客の多い時に待ち時間が長くなるもの無理はない。従業員を増やすよりもむしろ必要なのは――。

「お待たせしました」

テーブルにスープが運ばれてきた。

湯気を立てるスープをスプーンですくって口に含む。

素材のうまみがあふれるホッとする味で、とても美味しい。

正面に座るクリストフも、スープの味に満足げに頷いている。

軽く腹ごしらえしたわたしたちは、長居しないように早々にスープ店を出て再び市場を歩きはじめた。

しかしどうしても、あの厨房の慌ただしい様子が気になって頭から離れない。

コンロを使わずに鍋からスープカップに移した状態で温めることができればいいはずだ。それもひとつずつではなく、いくつかまとめて。

となると、前世の電子レンジのような魔道具があればもっと効率よく注文をさばいていけるんじゃないかしら！

「リーゼ？」

クリストフに名前を呼ばれてハッとする。

魔道具のことを考えはじめると周りが見えなくなってしまう悪い癖がまた出ていた。

ごめんなさいと謝るよりも早く、クリストフがわたしの手を強く引いてカフェに入った。

「さっきの店ではゆっくりできなかったから、ここでお茶でも飲んで休憩しよう」

振り返ったクリストフが甘く笑う。

「リーゼがスープをごちそうしてくれたから、今度は俺がお返しするよ」

なにかおかしい。先ほどのスープは、クリストフに腕輪をプレゼントしてもらったお返しだ。

それに対してまたお返しがあるということは、こちらも……？

エンドレスなお返し合戦に発展しそうな雲行きではないか。

戸惑いながらもわたしはチーズケーキと紅茶を、クリストフはビスコッティと紅茶を注文した。

カフェの店内もカップルや家族連れ、友人同士など大勢の客で混雑している。わたしたちもその中にうまく溶け込んでいて、特に注目などされていない。

それはいいとして、テーブルの上で互いの指を絡めあいながら手をつなぐ必要があるんだろうか。

恋人のふりといっても、これはもはやバカップルの領域なのではないかと思う。

当然、前世でも今世でも男の人とこんなことをした経験のないわたしには、恋人同士なら誰でもこうしているのかどうかすらわからない。

顔を火照《ほて》らせるわたしを見てクリストフが「かわいいね」と言って甘く微笑むものだから、なおさら落ち着かない。

隣のテーブルに座る親子の会話が聞こえてきた。

「お母様、セレンスタで食べたイチゴのケーキがまた食べたいわ」

「イチゴが食べられるのは旅行の時だけよ」

よかった、わたしたちのバカップルぶりをまったく気にしていない。

デロアの人たちは、旅行で国外へ行かなければイチゴも食べられないのだと気付いた。

注文の品が届いてようやく手をほどいた時には心底ホッとした。心臓の鼓動が爆発寸前になっていたからだ。

恋人同士のふりをするのがこんなにも心臓に悪いことだったとは知らなかった。

チーズケーキはさわやかな酸味とチーズのコクのバランスがちょうどよく、舌触りも滑らかでとても美味しい。紅茶にもよく合っている。

おかげで少し落ち着いた。

クリストフが食べているナッツとドライフルーツがぎっしり詰まったビスコッティも美味しそうだ。

「ん？　食べたい？」

じっと見つめすぎたかもしれない。

クリストフがビスコッティを摘《つ》まんでこちらへ差し出してくる。

「え！　ええっと……いただきます」

迷ったけれど、鼻をくすぐる香ばしい香りに負けた。

手を伸ばして受け取ろうとしたら、クリストフがとんでもないことを言い出した。

「食べさせてあげる」

にっこり笑ってビスコッティをわたしの鼻先に突き出してくる。

ええっ⁉

「あーんして」

いや、首を傾げられても困る。これはバカップルが過ぎるのではないだろうか。

かといってここで押し問答をすれば悪目立ちしてしまうだろう。仕方ない、ここは覚悟を決めよう。

目をつむってビスコッティにパクッと食いついた。

ザクザクした食感とナッツの香ばしさ、そしてドライフルーツの甘さが絶妙で、期待以上の味だ。

「すごく美味しい」

思わずそう漏らすと、クリストフがどんなスイーツよりも甘そうな笑顔を見せる。

「かわいいね」

途端に心臓が跳ねて、そこからはせっかくのチーズケーキの味がわからなくなってしまった。

そんな状態で紅茶を飲み終えた時、なにやら店内がざわつきはじめた。

どうしたんだろうと声のするほうへ視線を巡らせてギョッとする。

フランコが警備隊に尋問されているではないか。

あやしい男がひとりで楽しむ風でもなく怖い顔をしてお茶を飲んでいる、と通報されてしまったのかもしれない。

「え、いや……俺は……！」

フランコが目を泳がせ、チラチラこちらに視線を向けながら困っている。王太子の護衛だと言うわけにはいかないのだろう。

ここは助けに行かなければ！

立ち上がったわたしの腕をクリストフが掴《つか》んで止めた。

「いまのうちに逃げよう」

ええっ!?　逃げちゃうの？

メガネの奥でウインクしたクリストフは、テーブルに代金を置くとわたしの手を引いてカフェの入り口へ向かう。

「あぁっ！　待ってくれぇぇっ！」

「コラ、動くな！」

フランコの悲痛な叫びと警備隊員の怒号が響く中、わたしたちはカフェを後にして駆け出した。手をつないだまま時折顔を見合わせて、あははっと笑いながら。

護衛をまくようなやんちゃな一面をクリストフが持ち合わせているのが意外だった。いついかなる時でも品行方正な育ちのよい王子様だと勝手に思い込んでいたから。

走っていくうちに辿《たど》り着いたのは、町の東側を流れる川辺だった。

川沿いのベンチに腰をおろしてひと息ついた。

「フランコは大丈夫だったかしら」

「さあな。自業自得だ」

先ほどのフランコの慌てた顔を思い出してまた笑いが込み上げてくる。

クスクス笑いながら川を眺めた。穏やかに流れる川の水が、お日様に照らされてキラキラ光っている。

「この川はもしかして、あの滝から続いているの？」

「そうだよ」

セレンスタのメディ湖から流れ落ちてきた水が、デロアの王都を抜けてさらに南下していく地形だ。

川の両岸は石が積み上げられ、しっかり護岸工事が施されている。

岩山から切り出しているのか街並みは石造りの建物が多く、地面にも石畳が美しく敷かれている。無機質で殺風景な気もするけれど、整然としていてデロアが財政的に豊かな国であることをうかがわせる。

「石積みの護岸はどこまで続いているの？　お金がかかっていそうね」

「いまのところ王都を出て少し行ったところまでだね。そこから先は土のままになっているよ」

住むなら土にすぐ触れられる場所がいい。しかし建物は魔道具を作る関係上、頑丈な石造りでなければならない。王都を離れた土地なら条件に見合う物件が見つかるだろうか。

考えながら川面《かわも》を見つめていたら、青銀《あおぎん》の魚の群れを見つけた。

「魚がいるのね」

「デロアは海に面していないから、新鮮な川魚は貴重な食材なんだ」

たしかにそうだろうと頷く。

「だからセレンスタがきれいな水を流してくれることに、いつも感謝している」

なるほど、デロアがセレンスタと友好関係を結んでいるのは、それも関係しているのかもしれない。

ベンチに並んで腰かけながらクリストフと他愛もない話に花を咲かせる。

電子レンジの構想も話すと、クリストフは全面的に協力すると力強く頷いてくれた。

話に夢中になっていると、どこからか大きな声が聞こえてきた。

ぐるりと見渡せば、川下に架かる橋の上に立つフランコが見えた。

こちらを指さしてなにか言っている。

「あんな大声を出していたら、また職務質問されてしまうんじゃないかしら」

「まったくあいつは……そろそろ帰る時間だな」

呆れた様子で苦笑しながらクリストフが立ち上がる。

「また来よう」

次の約束をするまでがデートの設定だろうか。

クリストフのエスコートは完璧でとても楽しかった。

「ええ、そうしましょう」

笑って立ち上がり、差し出された手を取った。


この日から、前世の電子レンジを模したレンジボックスの開発が始まった。

電子レンジは、電磁波で水分を振動させることで食品を加熱する機械。

電磁波を雷魔法で代用するにあたり、雷の強さや向きに関してクリストフが相談に乗ってくれた。

実験では、フランコが吸魔タオルを広げて構えていてくれたのも心強かった。

ふたりがいなかったら、レンジボックスの完成にはもっと時間がかかっていただろう。

どうにか六日で仕上げた。

クリストフと一緒に完成したレンジボックスを、さっそくあのスープ店に持参した。

開店前の仕込みをしていた店主夫婦が、突然のことに驚いて戸惑っている。

「先日こちらでスープをいただきました。あまりにも忙しそうだったので、勝手ながら便利な魔道具を作ってみたんです」

事情を説明し、レンジボックスを試してみてほしいとお願いする。

店主夫婦は顔を見合わせて、どう返事をしようかと考えあぐねている様子だ。

するとわたしの後ろに立っていたクリストフが、メガネを外して一歩前へ出た。

「エステリーゼの魔道具士としての腕は一流だと、このクリストフ・デロアが保証する」

「クリストフ殿下だったのですか！」

ふたりが目をまん丸にして驚いている。

クリストフが身分を明かして口添えしてくれたため、すんなり信用してもらえた。

レンジボックスの使い方を、実際にスープを温めながら説明する。

「これは便利ですね！」

「すごいわ！」

ふたりはとても喜んでくれた。

「ぜひ買い取らせてください。このレンジボックスの代金はおいくらでしょうか？」

「不要です」

代金を支払うという店主の申し出を固辞する。

勝手に作って押し付けておいて代金をもらうのは、気がすすまない。

「その代わり、定期的に使い勝手や改善点を報告してください。それともう一点。その道具はなんだと聞かれた時には、宣伝していただけますか」

そうお願いすると、ふたりは快諾してくれた。

これで店主夫婦が厨房でギスギスしてしまう回数も減るだろう。

そんな具合でレンジボックス作りに没頭していたため結局家探しができないまま、翌日にデロア国王との謁見に臨むこととなった。

いよいよお別れの日が来た。新たな一歩を踏み出すのだと覚悟を決める。

クリストフが付き添ってくれているのが心強い。

しかし、国王陛下から思いもよらない相談を持ちかけられた。

機密文書を収めている書庫に何者かが許可なく侵入した形跡があるらしい。今後の侵入防止及びあわよくば犯人の特定を魔道具でできないだろうかとの依頼だったのだ。

次はどこに住もうかと悩んでいたのはなんだったのか。勘違いしていた自分が恥ずかしい。

思わず言葉を失っていると、クリストフに心配されてしまった。

「リーゼ、無理ならはっきりそう言ってくれていいんだよ」

その気遣いに感謝しつつ、陛下に向かって笑顔で答えた。

「承知いたしました」

「引き受けてくれるのか。頼もしいな」

陛下が顔をほころばせる。

「確認したいのですが、見張りをつけておくだけでは解決にならないのですね？」

「その通りだ」

琥珀色の目をわずかに細めて陛下が頷く。

「おそらく犯人は、変身魔法を使っておるのだ」

つまり、書庫への立ち入りを許可されている人物に化けて侵入した可能性が高いのだろう。

変身魔法は基本的な五大要素の魔法とは別の、上級魔法だ。見た目も声も瓜ふたつに変身できるけれど、その姿を維持するには相当な魔力が必要とされる。

身分の高い人物を偽物だと疑ってあれこれ調べるのは不敬《ふけい》にあたるから、衛兵では判別が難しい。

陛下はそれを見抜く魔道具を所望《しょもう》しているのだろう。

「お任せください。解決できそうな魔道具に心当たりがあります」

実は貴族学校時代に、魔道具研究室の施錠の代わりとして試しにそういった魔道具を作った経験がある。

「おお、それはどんな魔道具だ？」

「虹彩《こうさい》認証システムです」

虹彩認証とは、前世で使われていたセキュリティシステムだ。

人間の眼球の虹彩は個人個人で違いがあり、その特性を利用して本人か否かの判別をする。たとえ一卵性双生児であっても「他人」と識別する精度を誇るのが特徴だ。

虹彩の説明に陛下は頷きながら耳を傾けている。

「それを利用すれば、変身魔法も打ち破れるということか？」

「おっしゃる通りです」

変身魔法でいくら目の色まで瓜ふたつに化けても虹彩までは模倣できない。

それを教えてくれたのは、貴族学校でわたしに化けた誰かさんのおかげだ。

一年ほど前のことだっただろうか。エステリーゼ・ボーデンが怖い顔で研究室のドアを蹴飛ばしていたとの目撃情報を聞いたのが発端だった。

ちょうどその時間帯にわたしは演習場でグレポンをぶっ放していたアリバイがあった。

つまりドアを蹴飛ばしていた人物がわたしでなかったことは明白なのだが、目撃証言によれば「間違いなくエステリーゼだった」とみんな口をそろえたのだ。

ということは、誰かがわたしに化けて研究室に忍び込もうとしたことになる。

しかし虹彩認証で他人と識別されて侵入が叶わず、腹いせにドアを蹴飛ばしたのか、あるいは蹴破ろうとでもしたのか……。

犯人も真相もわからずじまいだったが、結果的にその出来事で変身魔法では虹彩まで模倣することはできないのだとわかった。

実体験を説明し、最後に付け加える。

「虹彩まで模倣できる魔術師がいる可能性も否定できませんが、試してみる価値はあると思います」

陛下もわたしの考えに賛同してくれた。

さっそく製作に着手することを約束して謁見室を後にする。

ドアを出たところでクリストフに願い出た。

「素材集めを手伝っていただいてもいいでしょうか」

虹彩認証システムの材料は、オオグモの眼球とハヤブサの羽毛。

極秘任務のため、今回もまた素材集めをクリストフに頼むしかない。

「もちろんだ。いつだって頼ってくれていいんだよ?」

セレンスタから連れてきた責任だろうか、クリストフは常にわたしを最優先してくれる。

「ありがとうございます」

「何度でも言うけど、いまの俺にとってはリーゼのことが一番大事だからね」

真剣な面持ちでそう言われて、こちらも力強く頷いた。

魔道具士としての腕をそこまで買われているのだとしたら、期待に応えないといけない。なんとしてでも虹彩認証システムを作り上げてみせよう。

幸いなことに、魔物のオオグモも野鳥のハヤブサも周辺の岩山に生息しているらしい。

さっそくクリストフとフランコと共に狩りに出かけた。

今回もまたクリストフの馬に相乗りだ。わたしがひとりで馬に乗れないから仕方ないのだけど、どうもこの密着する感覚に慣れなくて心臓がうるさくなってしまうから困る。

ひとり暮らしを始めて落ち着いたら、乗馬の練習もしよう。

落ち着かない気持ちをごまかすために、オオグモの注意点を説明する。

「オオグモの粘着質の糸に絡まると厄介なので、遠距離から攻撃しないといけません」

「ああ、知っている。子供の頃フランコとふたりでオオグモをからかって遊んでいたら、とんでもない目に遭ったことがある」

「なんて命知らずな……」

オオグモは凶暴な魔物だ。子供がからかっていい存在ではない。

先日城下町でフランコをまいたことといい、少年時代のクリストフはかなりやんちゃな性格だったのだろう。

「生意気であれこれ勘違いしていたんだ。後でこっぴどく叱られたよ」

クリストフが笑うとその振動がわたしの背中に伝わってきて、心臓がドキンと跳ねる。

近頃わたしの心臓はどうなってしまったんだろうか。

早く到着してほしいと祈るうちに、ようやくお目当てのオオグモが棲む岩山の一角に辿り着いた。

馬を下り徒歩でさらに少し登っていくと、前方の洞窟の入り口に白い糸のクモの巣が大きく張られているのが見える。

あの洞窟の奥にオオグモが潜んでいるはずだ。

荷物の中からグレポンを取り出した。

「まさか、それで倒せるとでも思っているのか？」

フランコがいぶかしげにグレポンを見ている。

その疑問はもっともだ。グレポンの弱い火力で倒せるほどオオグモはやわではない。

「今回は音を鳴らすだけです」

大きな音で巣が振動すると、獲物がかかったと勘違いしたオオグモが出てくる。オオグモは好戦的なため、巣の近くに獲物がいれば積極的に追いかけてくる習性がある。

おとりが仕留めやすい場所までおびき寄せたところでとどめを刺す作戦。おとり役はフランコだ。

「倒し方はお任せしますが、目の周辺とお腹は傷つけないようにお願いします」

「わかった」

頷いたクリストフがフランコと細かい打ち合わせをしている。その間にグレポンのスコープを覗いて巣の位置を確認した。

「俺を撃つなよ？」

振り返ってこちらを警戒しながらフランコが巣に近づいていく。

「大丈夫です、空砲ですから！」

今日は魔石を装填《そうてん》していない。だから大きな音が鳴るだけだ。

全員配置につくと、頷きあって準備万端であることを確認する。

そして巣に向けてグレポンのトリガーを引いた。

乾いた発射音が響き、その振動で巣が小刻みに震える。

ほどなくして洞窟の奥に複数の赤い光が浮かび上がった。オオグモの目だ。

フサフサの黒い短毛に覆われたオオグモが、体を揺らしながら姿を現す。

すかさず巣の前に躍り出たフランコが両手両足をバタつかせて挑発しはじめた。八つの目をさらにギラつかせ、あごをギチギチ鳴らしながらオオグモが巣を破って飛び出してきた。

「うわぁぁぁぁぁっ！」

大声で叫んだフランコが駆け出す。

その後ろをオオグモが追いかける。大きく膨らんだ腹は黒と黄色の縞模様。

足を巧みに動かす様子が不気味で、遠目から見ているだけでも身の毛がよだつ。

フランコの叫びが迫真の演技なのか本気で怖がっているのかよくわからないが、着実にクリストフの指定した位置におびき寄せているのはさすがだ。

オオグモが少し開けた場所へ到達した時、クリストフが両手を向けて短く詠唱《えいしょう》した。

途端にオオグモの動きがピタリと止まる。

麻痺か、それともさらに高度な時空魔法かもしれない。

そこで振り返ったフランコが腰に下げた剣を抜き、オオグモの頭胸部と腹部のつなぎ目に振りおろした。

クリストフとフランコの見事な連携プレーであっさりオオグモ狩りが終わった。

「触っても大丈夫ですか？」

わたしの問いかけにクリストフが頷いた。

麻痺魔法がかかった状態の魔物に触れると麻痺が移ってしまうことがある。そうでないということは、やはり対象物の時間の流れを止める高度な時空魔法だろう。

オオグモに駆け寄り額の魔核を取り除く。さらに虹彩認証システムの素材となる目と糸の採集作業をはじめた。

血振りをした剣を鞘に収めたフランコが空を見上げている。

「ハヤブサが飛んでるから近くに巣があるかもしれない。ここで待っててくれ」

そう言って駆け出していった。

ハヤブサの素材は羽毛でいいから狩る必要はない。羽が入手できればいいだけだ。穏便に済ませることができればそれに越したことはない。

オオグモの目と糸を採集し終えて立ち上がった時、遠くからフランコの叫び声が聞こえた。

「うわあぁぁぁぁっ！」

叫び声が次第にこちらへ近づいてくる。

「あんなに大声が出せるなら、グレポンなんていりませんでしたね」

「いや、いるにきまってるだろう。最高にカッコよかったよ？」

　クリストフの言葉が本気なのか冗談なのかよくわからず、ハハッと乾いた笑いだけ返す。

　フランコの姿が見えた。その背後に上空から急滑降してくるハヤブサがいる。

　どうやらハヤブサに見つかって追いかけられているらしい。

　クリストフがその方向へ両手をかざし短く詠唱すると、ハヤブサが空中で止まった。

　連続で時空魔法を使うとは、クリストフの魔力はどれほどなんだろうか。

「羽を取ってきたぞ！」

　ハアハア息を切らすフランコが羽を握りしめた手を上げる。

「ありがとうございます！」

　これ以上ハヤブサを怒らせないよう、早く退散するとしよう。戦って傷つけたくない。

　三人で馬をつないでいる場所まで急いで戻る。

　馬に跨って振り返ると、ハヤブサはまだ空中で止まったままだ。

「あと数分あのままにしておくけど大丈夫。動けるようになったらなにをしていたのか忘れて巣に戻るだろう」

　クリストフが説明してくれたが、ハヤブサの心配をしていたわけではない。時間を止める魔法を持続させながら平然と笑って会話しているクリストフをすごいと思っているのだ。

「あんな高度な魔法を連続で使えるだなんて、クリス様がどれほどの鍛錬を重ねてきたのかと思うと気が遠くなります」

魔力量だけの問題ではない。魔法のセンスと長年にわたって培《つちか》ってきた鍛錬の賜物だろうと思う。

「リーゼの前だから精いっぱいカッコつけてるだけだよ」

冗談めかしてそう言ってのけるクリストフのことを眩しく思いながら帰路に就いた。

翌日からさっそく、虹彩認証システムの設計図の作成にとりかかった。以前セレンスタで作った回路をさらにバージョンアップするつもりだ。

魔導回路が複雑になった分、付与の難易度も上がるけれど、いまのわたしならできると自負している。

設計図と部品のレンズが完成したのは五日後だった。

ちなみに国王陛下に謁見室で相談されたあの日から一週間経っている。その間、書庫への立ち入りは陛下を含めて一切禁止しているという。

書庫のドアは、蹴破ることは不可能と思われる重厚な造りだ。

その分厚いドアに穴をあけてもらい、外側の面にレンズを取り付ける。

オオグモの眼球とハヤブサの羽毛を組み合わせたものだ。

前世でいうところのドアスコープのような見た目だが、このレンズには虹彩を記憶して照合する機能を備えなければならない。

除湿スライムとは違い、今回の魔導回路はかなり複雑だ。

ドア一面にびっしり施すことになる。付与する魔法は雷と風。

設計図を片手にペンでうっすらと回路の下書きを済ませるだけでも相当な時間を要した。

ここからが本番だ。

同じものを作った経験があってよかった。あの時はドアを二枚ダメにして三枚目でようやく成功したが、今回は一度も失敗することなく成功させてみせようではないか。

ふうっと小さく息を吐くと、鍵穴からスタートして指先で下書きをなぞるようにゆっくり魔法を流していく。

魔力を性急に流しすぎないよう細心の注意を払いながら。

呼吸の音さえもノイズになるため、息をするのも最低限。魔導回路を描くことにのみ集中し続けた。

完成するまでにどれほどの時間を要したのかわからない。

最後まで丁寧に魔法を流し終えると、静かに見守っていてくれた国王陛下とクリストフを振り返った。

「完成しました」

大きく息を吐いて額をぬぐった。びっしりと汗をかいていたことに気付くと同時に大きな疲労感に襲われる。

足元をふらつかせるわたしを、クリストフが支えてくれた。

「大丈夫か!?」

「心配には及びません」

にっこり笑って、肩に置かれたクリストフの手をやんわりとほどく。

自分の魔力の弱さが恨めしい。実をいうと、立っているのもやっとというほど疲労困憊《ひろうこんぱい》している。

しかし、この虹彩認証システムのつくり手として、きちんと責任をもって使い方を説明しておきたい。

虹彩を登録する者はドアの外に立ち、ドアを挟んで内側にいる者がレンズに両目が映っていることを確認しながら回路に雷魔法を流す。これで登録完了だ。

必ずふたりで行わないといけないため、スパイがひとりで勝手に登録することは不可能な仕組みになっている。

説明しながらさっそく、わたしが陛下の虹彩を登録した。

一旦ドアを閉めて、外から陛下がレンズを覗くと自動で解錠することも一緒に確認した。

次に、陛下がドアの内側に立ち、クリストフの虹彩を登録する。

これで使い方はわかったはずだ。

「このクモのマークは?」

ドアの外側、レンズの下にあるクモのマークをクリストフが指さしている。

「虹彩認証でこのドアが開かなかった場合、どうしても忍び込みたいスパイはどうすると思いますか？」

「魔法には魔法で対抗してくるだろうな」

その通り。このドアは分厚くて物理的に壊すとなると相当な力が必要だ。大きな音も鳴るだろう。そうなればすぐに誰かに見つかってしまう。だから魔法を使うはずだ。

「レンズを壊そうとしたり、このドアの外側に何らかの魔法を当てたりすると、クモのお仕置きが発動します。だから気を付けてくださいね」

一通り説明を終えたわたしは、先に退室させてもらうことにした。

疲労の限界だけれど、ここで倒れて心配をかけるわけにはいかない。努めて平静を装い書庫を出て、廊下を歩いて角を曲がるところまで頑張った。

そこで耐えかねて壁に手をつき膝をガクリと折った。

「リーゼ！」

クリストフの声が背後から聞こえる。

心配して追いかけてきてくれたのだろうか。

「ちょっとカッコつけすぎましたね。ハハッ」

自嘲気味の乾いた笑いを漏らす。

次の瞬間、体がふわりと浮いて、気付けばクリストフに横抱きにされていた。

――――‼

「だ、大丈夫ですからっ！」

「カッコいいリーゼも好きだけどね、いつも言ってるだろう？　もっと頼ってほしいって」

クリストフが拗《す》ねている。

お姫様抱っこにそのセリフは反則だ。こんなことをされたら、勘違いしてしまう。

「あの程度でフラフラになってしまうほどわたしの魔力は弱いんです」

「見事な付与だった。流す魔力にブレがなくて繊細で。あれだけの集中力を保つのは並大抵の努力ではできないことだと思う」

褒めすぎだ。それでも嬉しくて、ほうっと息を吐くとようやく全身の力が抜けた。

虹彩認証システムを一発で成功させなければと気負って、相当緊張していたらしい。

「ありがとうございます。もう大丈夫です」

おろしてほしいとお願いしても、聞き入れてもらえないまま運ばれている。

すれ違うメイドだろうか、時折「あら！」「まあ！」と、語尾にハートマークがついているような声が聞こえる。

その間わたしは、恥ずかしさのあまりずっと両手で顔を覆っていた。

勢いよく早鐘を打っている鼓動が、クリストフに伝わりませんようにと祈りながら。

どうやらクリストフは過保護な性格らしい。

あれから三日間、ゆっくり過ごすようにとベッドでの生活を強いられている。

食事もメイドが部屋まで運んでくるし、クリストフとディアナが入れ替わり立ち替わり様子を見にやってくる。まるで重病人のような扱いだ。

ちなみに虹彩認証システムに出入りを許可している人たちの登録を行い書庫の立ち入りを解禁した途端、犯人があっさり捕まったらしい。

警備兵の少ない早朝を狙って騎士団長に変身して忍び込もうとしたようだ。よほど盗みたい情報があったのだろう。

ドアが開かないため魔法を発動した瞬間、クモの糸にしっかり絡めとられて動けなくなり、そこへ本物の騎士団長が駆けつけて捕縛《ほばく》された。

ドアに仕込んだクモの仕掛けが役に立ったようでホッとする。

あのクモの糸を新たに組み入れた設計図だったため前回よりも複雑な回路になったわけだが、しっかり動くことが確認できた。

わたしは部外者だから犯人の素性に関して多くを知る立場ではない。

ただ、他国のスパイだったとだけ教えてもらった。

国王陛下も大いに喜んでいたと聞いて胸をなでおろした。

魔力切れは、ゆっくり休めばたいていは元気になる。

わたしの場合は元の魔力が弱いため、魔力切れといってもたいした量ではないから回復も早い。ぐっすり眠ったら翌朝にはほぼ回復していた。

だからもう大丈夫だと言っているのに、まだベッドに食事が運ばれてくる。しかもやたらとお腹にたまりそうなメニューばかりだ。

早く回復するようにとの気遣いはわかるけど、ベッドでじっとさせられている上にヘビーな料理ばかりはどうかと思う。

「さっぱりしたサラダが食べたくなるわ」

いけないと思いつつ、お見舞いに来てくれたディアナについグチってしまった。

「わかるわ！　シュリバスは新鮮なサラダが豊富だったのよ。それに引き換えこの国はお芋ばっかり。やっぱりリーゼもそう思うでしょう？」

ディアナが不満げに唇を尖らせた。

味のない水っぽいスープばかり食べていたわたしにとっては、芋だろうが薬物だろうが等しくごちそうだ。しかし美容や健康のことを考えると、薬物野菜を適量食べられる環境のほうが望ましい。

クリストフも同じことを言っていたし、これはわたしたちだけの話ではなく、デロア王国の国民全体の問題だと思う。

さらにディアナが続ける。

「それに、この国にはお花を飾る習慣もないでしょう？」

しまった、言われるまで気付かなかったわ！

王城の敷地内には花壇を備える庭園が一応あるけれど、とても狭い。城下町にいたっては生花店もなく花を育てる習慣もなさそうだった。

城下町へ出かけた時に街並みに彩《いろどり》がなく殺風景に感じたのは、石造りの地面や建物のせいだけではなかったということだ。どうにかできないだろうか。

農地が少なくて土がなくても葉物野菜や生花を育てられればいいってことよね？

ついでに成長を促進させて収穫サイクルを早めれば……ここまで考えて、大事なことを思い出した。

しまった！　アトリエで実験中の苗木を放置したままだわ！

勢いよくベッドから飛び出そうとするわたしを、ディアナが慌てて止める。

「どうしたの。ちゃんと休んでいてちょうだい」

「もう元気だもの！　それよりもアトリエの苗木が……」

ジタバタするわたしを押さえつけながら、ディアナがうふふっと笑った。

「安心して。苗木ならわたくしとクリスお兄様が毎日水を足して様子を見ているから」

そんなことまでしてくれているだなんて！

申し訳なさ半分、感謝半分で咄嗟《とっさ》に言葉が出てこない。

「リーゼの研究はすごいわね。三日で木がずいぶん大きく育ったわ」

「ありがとう。無理はしないと約束するから、アトリエに行くのは許してちょうだい」

お願いすると、ディアナからその話を聞いたのか、食後にクリストフが部屋を訪ねてきた。

「アトリエに行くなら同行する。リーゼが心配だからね」

まったく、どれだけ過保護なのかと呆れてしまう。

「あ！　忘れないうちに、これをどうぞ」

サイドボードに置いていたフクロウの置物を模した魔道具をクリストフに見せた。

「これは？」

「ウソ発見フクロウです！」

胸を張って言う。

三日間、わたしがベッドでなにもせずにおとなしくしていたと思ったら大間違いだ。

ちょうどいい機会だったから、ボーデン伯爵邸から持ってきた荷物の中に入れていた作りかけの魔道具を完成させたのだ。

ウソ発見フクロウ。

材料は、マインドオウルの羽毛と眼球、聴力の優れたツノウサギの角《つの》。

その名の通り、人が嘘を言っているか否かを判別できる魔道具だ。

声色の変化や目の動きを中心に、対象となる人物を鋭く観察して嘘を見抜く。

マインドオウルは人間の考えていることを読み取る能力を持つ魔物で、討伐がとても難しい。思考を読み取られることのない遠距離から一撃で仕留めるか、ほかの魔物を追っていて巻き込む形で偶然倒さないと逃げられてしまう。

つまりマインドオウルはレア素材だ。ずっと前から注文していて年単位で待ち続け、ようやく入手した素材だった。

設計図はとっくに用意していて、届いたその日に喜び勇んで製作を開始した。しかしいざ魔導回路に雷魔法を付与しようと思ったところで、人の気持ちを試すような道具を作る意味があるのかと躊躇《ちゅうちょ》してしまった。

それきりいつか必要になった時にと思って未完成のまま置いていた魔道具だ。

「スパイの取り調べに使えるかと思いまして！　よほどの精神力のある人か、逆に自己暗示にかかりやすい人を除くとかなり高い精度で嘘を見抜きます」

クリストフが興味深げにフクロウの黄色い目を覗き込んでいる。

「試してみても？」

「はい！　嘘と判断した場合は目が赤く光ります」

ディアナに協力してもらうことにした。

「ディアナ。これからわたしがする質問には、全部『はい』で答えてね」

「わかったわ」

ディアナが少々緊張した面持ちで頷いた。ウソ発見フクロウをディアナに向ける。

「ディアナは、わたしと結婚します」

「……はい」

ディアナが返事をした数秒後、フクロウの目が赤く光った。つまり嘘をついていると判断したことになる。

続けて質問してみる。

「ディアナは、ライリー殿下と結婚します」

「はい」

フクロウの目が黄色に戻る。

「すごいわ！」

ディアナが手を叩いて感心してくれた。

これもフクロウの目は黄色のまま。つまりディアナはお世辞ではなく本当にすごいと思ってくれていることになる。

こういうことがわかってしまうから稼働させていいものか迷ったのだ。

「次はわたくしがやってみるわね」

ディアナがフクロウを持ち、クリストフの後ろに控えるフランコの前に立つ。

「フランコは、リーゼと結婚します」

「はい」

フランコに向けられたフクロウの目が赤く光る。

「次はクリスお兄様に質問よ」

張り切った様子のディアナがクリストフへフクロウを向けた。

「クリスお兄様は、リーゼと結婚します」

「はい」

クリストフが笑顔で肯定すると、どういうわけかフクロウの目が黄色になった。

おかしい。黄色は真実であることを示しているのだから。

それともクリストフはよほどの精神力の持ち主なのか……あるいは、強大な力を持つ魔術師は心にバリアでも張れるのだろうか。

「精度が疑わしくなってきたわ。もう一度設計し直して……」

ウソ発見フクロウを返してもらおうと手を伸ばしたけれど、ディアナはそれをクリストフに渡した。

「完璧ね！　お兄様、これはぜひスパイの取り調べに使うべきだわ」

「そうだな。採用しよう」

待って！　ダメだって言ってるじゃない！

あてにせず参考程度にしてほしい、正確でない可能性もあると、慌てて何度も念押しした。

「ありがとうリーゼ。大事に使わせてもらう」

クリストフは本当にわかっているんだろうか。

不安になったけれど、実際にウソ発見フクロウを使ってみて役に立たないとなれば突き返されるだろう。そうなれば作った責任者として謝罪して改良を加えればいい。

そう気持ちを切り替えて、本来の目的であるアトリエに向かった。

アトリエのドアを開くと、窓辺に並ぶ苗木はひとつの木桶を除き三日前の倍ほどに伸びているのが目に入った。

そろそろ外に出したほうがいいだろう。枝ぶりがよくなればドアから外に出せなくなるかもしれない。

スライムに直接挿していた挿し木も驚くほど伸びている。

これで確証を得た。植物の成長を促進させるのは魔道具ではなく、魔物の素材のほうだ。

セレンスタでは木桶自体に水魔法の回路を付与して水が減らないバケツのような魔道具を用いた検証をしていた。

中に入れている水は同じで普通の木桶と魔道具の木桶の両方で検証してみたところ、どちらかの苗木に成長の優位性があるようには見られなかった。

この実験でわかったのは、魔道具が必ずしも植物の成長に影響を与えるわけではないということだ。

その結果を受けて今回は、ではどんな魔道具が影響を及ぼすのかを調べる検証をしていた。普通の水だけの桶、魔法付与に失敗したスライムの外皮と水を入れた桶、除湿スライムから取り出した水を入れた桶の三種類を用意。

その結果、水だけの苗木はほかの桶の苗木と比較して明らかに成長が遅い。というか、これが普通なのだが。

真水の桶に対して、ほかのふたつの桶は苗木が急速に成長している。それに加え、水なしでスライムに挿していただけでも枝が枯れずに大きくなっている。

魔道具としては出来損ないで機能していないものであっても植物の成長を促しているということは、魔物の素材が大きく関係していることになる。

魔物は一般的な動物と比較して、大きさ、力強さ、生命力がはるかに上回っている。それが植物の成長に影響を与えてもおかしくはない話だ。

「魔物の素材だったんだわ」

わたしはポンと手を叩いた。

植物が異常成長することを短所ではなく長所としてうまく活用すればいい。

肥料の代わりに魔物成分を利用して成長促進を図る水耕栽培システムを作ろう！

前世でわたしが働いていたオフィスビルで、レタスの水耕栽培を行っていたことを思い出す。

水耕栽培とは、土を使わずに水と光と液体肥料だけで野菜を育てる農法だ。

土など一切ないオフィスビルで立派なレタスがたくさん育っていたし、世間で「植物工場」という言葉が徐々に浸透してきていたと記憶している。

農地の少ないデロア王国にぴったりの方法ではないか。

「葉物野菜もお花も、たくさん作れるかもしれない」

「まあ、素敵！」

ディアナが目をキラキラさせている。

しかし魔物によって効果が変わる可能性がある。

適正な量も見極めないといけないし、育てる作物によっても養分の量を変えなくてはならないだろう。

様々な角度でさらなる検証が必要だ。

「水耕栽培は肥沃《ひよく》な土壌も広い農地も不要です。デロア王国の農地不足問題を一気に解決できるかもしれません」

クリストフを見上げると、力強く頷き返してくれる。

「ぜひともお願いする」

「ただし」

なぜかクリストフの琥珀の目を見続けることができなくて、視線を床に落として早口で告げた。

「ここでは手狭です。岩山の近くの土地を借りて本格的に研究していこうと思います」

「リーゼ……」

クリストフが、うつむくわたしの手を握る。

夜会で婚約破棄と追放を宣告され、逃げるようにデロアにやってきた。あれから一カ月半もの長きにわたり賓客用の部屋を占領し、身に余るもてなしを受けた。

除湿スライムのおかげで蓄えもできたし、虹彩認証システムで恩返しができたと思っている。

いよいよ潮時だ。ここを離れて研究を続けながらのんびり魔道具作りをしよう。

ワクワクする一方で、どうしてこんなにも寂しい気持ちになってしまうんだろうか。

握られている手を見つめる。

「そうしよう。国境の近くにちょうどよさそうな土地がある」

明るいクリストフの声を聞いて踏ん切りがついた。くよくよするのは、わたしの性分《しょうぶん》ではない。

だから笑って顔を上げた。

「はい、お願いします」

クリストフが目を細めて微笑む。

「ここからすぐに飛べるように魔法陣を設置しよう」

え？

「いいわね！　もうひとつのアトリエね」

ディアナがはしゃいでいる理由がよくわからない。

もうひとつとは、どういう意味だろう？

「あの、魔法陣は不要かと？」

「リーゼ、なにを言っているのかよくわからないな」

わからないのは、こっちのほうです！

「移動が馬だと往復にかなりの時間がかかるだろう？」

往復って……行きっぱなしなのに、なぜ戻る必要があるのかしら。

「それでも構いません」

するとクリストフはなにかに思い当たったようにハッと息を吸い込んだ後、ふわりと甘く笑った。

その笑顔は心臓がドキドキするからやめてほしい。

「リーゼ、きみの言う通りだ」

「わかっていただけましたか」

よかった。行き違いがあったようだけど、わかってもらえたらしい。

「毎回は無理でもたまにはゆっくり馬で移動しよう。いつものようにいろいろ話しながら」

ええっ？　どういう意味ですか⁉

ディアナが口元をニマニマさせながらこちらを見ている。

「そうね。普段は魔法陣で移動、たまにはゆっくり乗馬デートできまりね！」

待って！　やっぱり意味がわからないわ！

それなのにディアナはどういうわけか「頑張って！」と言いながらクリストフの背中を叩いている。

ふたりの反応に戸惑っているところへ、フランコが手紙を持ってアトリエに入ってきた。

「セレンスタのロベルト殿下からだ」

なんですって⁉

受け取ったクリストフが手紙に目を通す。

「要約すると、リーゼにイバラを処理してもらいたいから帰国を許すと書いてあるんだけど、どうする？」

クリストフが苦笑している。

冗談じゃないわ。わたしをあんな形で追放しておいて、もう戻ってこいですって？

しかもイバラの処理で？

馬鹿にしないでちょうだい。

鉄板に魔導回路を施しただけのグレポンは魔物の素材を使っていないため、イバラの異常成長と無関係なことがわかった。戻ってやる義理などない。

魔道具演習場は長きにわたり様々な魔道具の試験運転を重ねてきた場所だ。きっと土壌に魔物成分が染み込んで堆積しているのだろう。

それは過去からずっと続いていることなんだから、わたしだけのせいではない。

「お断りします。イバラは焼けばいいとお伝えください」

わたしはきっぱり答えた。

第四章　セレンスタの混乱

義姉のエステリーゼが国外追放になって一カ月が過ぎた。

いまどこでどう過ごしているのかは知らない。

ひとりぼっちでみじめな思いをしているかしら。

両親は「わたしのことはどうぞご心配なく！」と捨て台詞《ぜりふ》を残して挨拶もせずに出ていったかわいげのない娘など、どうなろうが知ったことではないという態度だ。

もしもいまさらエステリーゼに泣きつかれたって、冷たくあしらうに違いない。

事後報告でエステリーゼの追放を知った国王陛下は相当お怒りだったようだけど、これからいくらでも挽回できる。

だって、わたしのほうがエステリーゼよりも魔力が高くて優秀だもの。

わたしは小さい頃から専属家庭教師がついていたほどのエリートで、変身魔法だって使える上級魔術師なのに、おかしいじゃない。

魔力が弱くて家庭教師やお父様から見限られたくせに、大きな顔をしていたエステリーゼのことがずっと気に入らなかった。

粗《あら》探しをして陥《おとしい》れてやろうと思って魔道具研究室に忍び込む作戦は失敗に終わった。

エステリーゼが鍵を使わずに前に立つだけで自動的にドアが開くのを見たことがあるから、彼女の姿に変身すれば中に入れると思ったのに開かなかったのだ。故障しているのかと思ってドアを蹴飛ばしてみてもダメだった。

魔術師はたくさんいるからなかなか飛び入学はできない。エステリーゼは魔道具士でそれを狙うようなずるがしこいだけの人間だって、どうして国王陛下はわからないのかしら。

嫌がらせをしてもまったく動じないし、おそろしく不味いスープを平気な顔で飲む馬鹿舌だし！

それなのにエステリーゼがあんなに優遇されてロベルトと婚約したのが、どう考えたっておかしい。

エステリーゼに気付かれないようこっそり、

「愛のない結婚を強いられているロベルト様が気の毒でなりません」と、ロベルトに囁《ささや》き続けて大正解だったわ。

ロベルトは婚約当初からエステリーゼにまったく興味を示していなかった。

でも、政略結婚だとあきらめている様子だった。

「申し訳ないが、きみの好意には応えられない」

最初のうちは、わたしのことをそうあしらってかたくなに拒み続けていたロベルトだったけど、傾きはじめたらあっという間に落ちた。

禁断の恋がいい刺激になったのか、いまではすっかりわたしにメロメロだ。

エステリーゼに搾取《さくしゅ》されていたというわたしの嘘だって信じ切っている。

ちょっと困ったのは、ロベルトが一刻も早くエステリーゼとの婚約を解消したいと主張しはじめたことだ。

「父上に相談してみようと思う」

真剣な顔でそう言われて焦った。

「お待ちください。お姉様を裏切ることはできません」

馬鹿じゃないの？　陛下に相談なんてしたら猛反対されるにきまってるじゃない！

「それに陛下は、完全にお姉様の味方です。わたしでは到底お姉様にかないませんもの……」

純真で謙虚なふりをしながらロベルトをなだめすかし、最高の舞台が整うまで待った。

それが賓客をもてなす夜会だ。

大勢の人が見ている場でエステリーゼを絶望の淵へ叩き落す。

あのすまし顔が歪むところを見たい！

それが実現した。

エステリーゼがロベルトをどう思っていたのか、恋心を抱いていたのかはよくわからない。

もしかすると婚約破棄宣言されてもあっけらかんとした態度を見せるんじゃないかと思ったからこそ、国外追放も付け加えてもらった。

ロベルトから婚約破棄と国外追放を言い渡された時、エステリーゼはひどく傷ついた顔をしていた。

その様子を見て、ついに勝ったと心が躍った。

「ざまあみろだわ」

「ん？　なにか言ったか？」

ロベルトに問われて、にっこり笑う。

「んふふっ。ロベルト様のそばにいられて、アンジェラは幸せだって言ったんですぅ」

甘えた声でしなだれかかると、ロベルトは鼻の下を伸ばして抱きしめてくれた。

ロベルトの執務を手伝うって口実があれば学校もサボれるし、最高！

そこへ甘い雰囲気に水を差す無粋《ぶすい》なノックが響いて、事務官が執務室に入ってきた。

「アンジェラ様。再三申し上げている通り、魔道具演習場のイバラが茂りすぎて大変なことになっております。どうか処理をお願いいたします」

「どうしてわたしが？」

イバラの処理を頼まれたのはこれが初めてではない。エステリーゼを追放してから数回にわたって要請されたけど、面倒だから無視し続けてきた。

痺れを切らしてわざわざロベルトの執務室にまで押しかけてくるだなんて、ひどいと思う。

それなのに、事務官は尚も食い下がる。

「……は？　アンジェラ様は、エステリーゼ様の業務を引き継いだのですよね？」

冗談じゃないわ。

このあいだいい顔をしてエステリーゼの代わりを安請け合いしたせいで、嫌な思いをしたばかりだもの！

学校の魔道具研究室に呼ばれて行ってみたら、カラスの形をした魔道具が研究室を埋め尽くしていてギョッとした。

おまけに魔道具担当のローウェン先生がしれっと、

「エステリーゼの代わりに調整をお願いします。頼りにしていますよ」

なんて言い出すんだから。

いい顔をして、仕方なく気味の悪いカラスの羽の裏にある魔導回路を見た。

「年によって野鳥の種類や飛来数が異なるため、定期的に微調整しなければならないのです」

ローウェン先生はにっこり笑ってそう言うけど、回路を見てもどうすればいいのかさっぱりわからない。

強力にしておけばいいかしら？

よくわからないまま魔力を最大で流しておいた。

「凄まじい効果が得られて大変満足していると評判ですよ」

後からローウェン先生にそう褒められたから、あれでよかったらしい。

わたしの手にかかれば、魔道具なんて子供騙しのおもちゃでしかない。

それはいいとして、カラスをいじっていたせいでわたしまで、

「妹のアンジェラまでカラスと黒ミサをはじめた」

って噂が立ったのよ？　勘弁してもらいたいわ。

ここでさらにわたしがイバラの処理を手伝ったら、またなにを噂されるか……。

それなのにロベルトは、わたしの気も知らずに了承してしまった。

「アンジェラ。君がどれほど優秀か、こいつに見せつけてやってくれないか。僕も一緒に行くから」

ロベルトがそこまで言うなら仕方ない。

一度だけならまあいいかと、魔道具演習場へ足を運んだ。

ところがそこには、想像をはるかに上回る光景が広がっていた。

ただのイバラとは思えないほど茎が太く棘の大きい不気味な植物が、広い演習場を覆いつくしているではないか。

ちょっと！　聞いてないわ、なにこれ⁉

魔法で火球を生成して焼いてみたけれど、きりがない。

仕方なく魔力をうんと凝縮して業火《ごうか》を発生させ、巨大イバラを焼き払った。

どうしてイバラごときに、こんな上級魔法を使わないといけないのよ！

こうなるまで放置しておかずに、誰かが処理すればいいじゃない！

「こういう依頼は、これっきりにしてくださいませ」

大げさによろめいてみせる。

「エステリーゼ様は、まめにイバラを処理してくださいました」

ここまでしてやったのに事務官はまだ不満げな顔をしている。

イライラするわ。あれはただ、あの奇妙な武器を見せびらかしたかっただけでしょ。

失敗するようにわざと大量の魔力を回路に流したっていうのに、その失敗作を笑いながら使い続けていたのよ？　なんて嫌味な女！

「でも、これはわたしの仕事ではありませんわ」

困った顔を繕ってロベルトを上目遣いで見つめた。

かわいいわたしの上目遣いに絆《ほだ》されない男はいない。

「……っ！　その通りだ。アンジェラはエステリーゼの代わりではない」

ロベルトがわたしの肩を抱いて事務官を睨みつける。

「あいつがやっていたからといって、なんでもかんでもアンジェラに押し付けるのはおかしい。ほかの魔術師か魔道具士にやらせればいいだろう」

「……承知いたしました」

事務官は不満げな顔をしつつも、それ以上なにも言わず去っていった。

「ありがとうございますぅ」

「アンジェラは余計なことを考えずに、新作魔道具を作ってくれればいい」

ロベルトに優しく髪をなでられてもちっとも嬉しくない。

魔道具を作れですって？　わたしは魔術師であって、魔道具士なんかではないのよ。

魔道具、魔道具って、もううんざりだわ。

とはいえエステリーゼと同等以上の能力があることを証明しなければ、ロベルトとの結婚を認めないと国王陛下に言い渡されているのだ。だからどうにかしないといけない。

魔道具院の院長ならすでに抱き込みに成功している。

「わたしはお姉様のような目立ちたがり屋ではありません。ですから魔道具院に口出しをする気もございませんので、どうぞご安心ください」

「アンジェラ嬢は、よくわかっていらっしゃる」

院長は白いひげに覆われた口元をほころばせて大きく頷いていた。

魔道具にこだわっているのは、残すところ国王陛下だけだ。どううまくごまかそうかと思案しているけれど、なかなか良い案が出てこない。

それからさらに三カ月間、学校の勉強が忙しいとか、いまアイデアを練っているところだとか、魔道具作りに不慣れだからとか、のらりくらりと言い訳を重ねた。

その結果、陛下が痺れを切らしたらしい。

「父上が、アイデアがあって魔法付与ができるのなら設計図はベテラン魔道具士に描いてもらったらどうかと言っているんだが、どうする？」

わたしの言い訳を信じ切っている様子のロベルトにそう言われて、いよいよ逃げられなくなった。

「もう少しだけ待っていてくださいね」

笑顔で答えたけれど、なにも着手していない。アイデアなんてもちろん、ない！

でもこれ以上は引き伸ばせそうにないし、なんとかしないといけないわ……。

帰邸するとエステリーゼが使っていた部屋に急行した。

たしか、置いていった魔道具がたくさんあるはずだ。それを漁《あさ》れば作りかけのものが見つかるかもしれない。

ガラクタの山を崩していくうちに、亀の形をした魔道具を見つけた。

お掃除亀さんかと思ったら色も形も少し違う。茶色ではなくこれは緑色だ。

引っ張り出してみると『芝刈り亀さん　使用禁止！』と書かれた貼り紙がしてある。

これだわ！　どうして使用禁止なのか知らないけど、お掃除亀さんの芝刈り版があったのね！

甲羅を外して確認してみると魔導回路もしっかり付与してあるし、おあつらえむきなことに設計図もついているではないか。

設計図には、材料と風魔法を付与することまで書かれている。

「材料は、魔ガメの甲羅とキラーマンティスの鎌ね」

あれこれ聞かれた時にボロが出ないように、一通り覚えておかないといけない。

魔法も上がけしておこう。そうすればこれも、わたしが作ったものだと主張できる。

回路の端に指を当てて風魔法を流す。

ほらね、これぐらいわたしにだって朝飯前よ。

お掃除亀さんよりも前に、わたしがこの芝刈り亀さんを作っていたってことにしようかしら。

エステリーゼに亀さんシリーズのアイデアを盗まれたってことにすれば、さらにわたしの評判が上がるわ。

さっそく庭で芝刈り亀さんを使ってみた。

芝生の上におろすと、まっすぐに進みながら芝を刈っていく。刈込みの長さは一定だし、庭の端まで行き当たると自動でUターンする。刈り残しもない。

なんで使用禁止と書かれていたのか謎だけど、エステリーゼは魔力が弱いからうまく動かなかったのかもしれない。

ってことは、風魔法を上がけしたわたしのおかげってことよね？

そうだ、いいことを思いついちゃった！

翌日、ロベルトの執務室に芝刈り亀さんを持参した。

「新作の魔道具です」

「すごいじゃないか！　黙って裏ではしっかり作っていたとは、アンジェラはなかなかの小悪魔だな」

ロベルトはまったく疑っていない様子だ。

んふふっと笑った後に、思わせぶりに目を伏せて声のトーンを落とす。

「実は……」

「どうした？」

このわざとらしい演技にもロベルトは簡単に食いついてきた。

「もともと亀さんシリーズは、わたしが考えたこの芝刈り機が最初のアイデアだったんです……」

「なんてことだ！　これもきみのアイデアだったのか」

「あ！　でも、それを形にしてくれたのはお姉様です。ですからお姉様は悪くありません」

ロベルトがわたしを抱き寄せて優しく髪をなでる。

「性根のねじ曲がったあの女をまだ姉と慕って庇《かば》うとは、アンジェラの心はなんて清らかなんだろう」

簡単に騙《だま》されてくれるあなたは、なんてチョロいのかしら。

「この芝刈り亀さんを魔道具演習場に置いて、イバラの処理をさせようかと思います」

ロベルトが体を離し、薄紫色の目を輝かせる。

「アンジェラ、きみは天才だな！　さっそく父上に報告しよう」

魔道具が完成したと国王陛下の側近に言付《ことづ》けたところ、すぐに謁見の許可が出た。

芝刈り亀さんと設計図を見せると、国王陛下はまず設計図を一読して首を傾げた。

「この几帳面な文字は、エステリーゼの筆跡ではないか？」

エステリーゼの字の癖まで知っているだなんて、よほどあの女に入れあげていたのね。

でも大丈夫。言い訳ならちゃんと用意してあるわ。

「おっしゃる通りです。わたしは魔道具士としての勉強をしたことがなく、設計図の描き方を知りません。ですからわたしのアイデアを姉が横取り……いえ、手伝ってくれたのです」

伏し目がちにしおらしく言ってから、顔を上げる。

「姉が残してくれた設計図をもとに組み立てて魔導回路に魔法付与をしたのは、間違いなくわたしです」

ふむ、とあごに手を当てて陛下が思案している。

内心ドキドキしているけれど、それを悟られないようににっこり笑う。

嘘だとバレるはずがない。設計図を描いたのはエステリーゼだと認めているわけだし、誰のアイデアかなんてわかりっこないもの。

「よかろう。魔道具演習場で使用することを許可する。判断はそれからだ」

陛下が頷いた。

やった！　これでロベルトとの結婚に大きく近づいたわ！

いや、すでにきまったも同然と言って過言ではないかもしれない。

わたしは意気揚々と魔道具演習場に芝刈り亀さんを放った。

これで定期的に魔石を交換するだけでずっと動き続けるはずだ。これもお掃除亀さんのようなヒット商品になるに違いない。

ほくそ笑みながら帰邸すると、来客が待っていた。お掃除亀さんを作っている工房の工房長らしい。

「アンジェラ様も魔道具にお詳しいと伺っております。そこで相談なんですが……」

応接室のソファに座る工房長が、額に浮かぶ汗を拭きながら困った顔をしている。

「なにかしら？」

いい大人からペコペコ頭を下げられるのって、こんなに気分がいいのね。

「エステリーゼ様からは、素材の質を絶対に落とさないようにと厳しく言われておりました。しかしここのところ不猟が続いていて、良質な素材の確保が難しくなってきているのです」

まあ！　あの女は、そんな気難しいことを言って威張り散らしていたの？

「つまり、素材の質を少々落としたいというご相談ですね？」

「その通りでございます。アンジェラ様は話が早くて助かります」

そうでしょうとも。

微笑みながら鷹揚《おうよう》に頷いてみせる。

「魔道具は素材の質よりも魔導回路のほうが重要です。そこさえしっかりしておけば、多少素材が劣っても問題ないはずです」

もっともらしいことを言うと、工房長はホッとした様子で笑顔になった。

「ありがとうございます！　いやあ、アンジェラ様は寛大なお方だ。その方向で生産します」

何度も頭を下げて帰っていく工房長を悦に入りながら見送った。

やった！　工房長もこっちの味方につけたわ。

これで亀さんシリーズの発案者が実はアンジェラ・ボーデンだったっていう信憑《しんぴょう》性が高まるに違いない。

そう確信していたのに、どうしたことだろう。芝刈り亀さんが、とんでもない事態を引き起こした。

一週間後の朝、使用人たちが騒ぐ声で目が覚めた。メイドに何事かと尋ねると、庭の芝生が異常成長しているらしい。

窓から見おろした庭の信じがたい光景に言葉を失う。

なにこれ……。

驚いたことに、芝生が大人の腰の高さまで伸びている。

もはや芝生の庭ではなく雑草に覆われた原野のようだ。

いったいどうしてこんなことに⁉と使用人たちが慌てふためいているけれど、心当たりなら……ある。

まさか芝刈り亀さんに『使用禁止』と書かれた貼り紙がされていたのは、このせい？

嫌な予感がする。

急いで身支度を整えると朝食も摂らずに馬車に乗り、魔道具演習場に向かった。

案の定そこには、想定していた中で最も見たくなかった光景が広がっていた。

前回よりもさらに巨大化したイバラが演習場を覆いつくし、さらには隣接した魔道具院の建物にまで絡まっている。

イバラの隙間から芝刈り亀さんが忠実にイバラを切っているのは見えるけれど、到底追いついていない様子だ。

しかもこうやって呆然と眺めている間にも、イバラはどんどん伸びていく。

魔道具士たちが懸命にそれを焼いて、建物が覆われるのを防ごうと奮闘中だ。

「どういうことだ！」

魔道具院の院長が白いひげをプルプル震わせ、肩を怒らせながらやってきた。

「あの亀と関係があるのか？」

知らないわよっ！　わたしが作った物じゃないもの！

そう言って逃げ出したいところだけど、できるはずもない。国王陛下の前で堂々と、これは自分のアイデアで魔法付与もしたと言ってしまったのだから。

「お姉様の描いた設計図に不備があったのかしら……」

「アンジェラ嬢は、イバラをどうにかしてみせると言い切ったそうじゃないか。その結果がこれか？」

こちらをギロリと睨む院長の目が怖すぎる。

「本当に魔道具が原因かどうかもわからないのに、わたしのせいみたいな言い方をされても……」

そもそも前回も異常な成長をみせていたイバラだもの。無関係ってことで貫き通すしかない。

こうなったら庭の芝生の件は、使用人たちを口止めしておかなければならない。

院長だってよくわかっていなさそうだから、うまく言い逃れできるだろう。

「少なくともエステリーゼ嬢がいた時は、こんなことは一度もなかったのに」

院長が不満げにつぶやく。

「なっ……」

なによ！　あなたもあの女を疎《うと》ましがっていたくせに、よく言うわね！

怒鳴り散らしてやろうと大きく息を吸い込んだタイミングでロベルトが現れた。

イバラの異常成長を目の当たりにして絶句するロベルトに抱き着く。

「うわあぁぁんっ！　ロベルト様ぁ。こうなったのはわたしのせいだって、院長さんが言うんですぅ！」

嘘泣きがバレないように、ロベルトの胸に顔を押し付けた。

「それは横暴だな。魔道具はきちんと動いているんだろう？」

「それはそうですが……」

院長の声がトーンダウンした。

「では、その芝刈り機の台数を増やせばいいだろう」

ロベルトの得意げな声を聞いて体が震える。

待って！　それはダメよ！

「かわいそうに、アンジェラがこんなに震えて怖がっているじゃないか」

優しく髪をなでられても、ちっとも嬉しくない。

さらに芝刈り亀さんを増やしたら、もっととんでもないことになりそうな気がしてならない。

「とにかくこのイバラを焼いてください。亀さんが焼けるとかわいそうなので一旦回収していきます」

解析されたらマズいことになりそうだ。証拠を残さないために亀を持ち帰ることにした。

こんなことになったのも全部エステリーゼのせいだわっ！

もしかして、わざと草が伸びるように設計した魔道具を置いていったんじゃないかしら。

あの女ならやりそうなことだ。

あぁ悔しい……！

馬車の中で涙をにじませるわたしを、ロベルトが優しく抱き寄せる。

「悲嘆にくれることはない。アンジェラのせいではないから」

悲しんでなどいないわ。悔しいのよっ！

「これはきっと、お姉様の仕業ですぅ」

グスングスンと大げさに鼻をすすりながら訴える。

「どういうことだ？」

「だって、あのイバラの処理を任されていたのはお姉様でしょう？　わたしとロベルト様が真実の愛で結ばれたことを恨んで、なにか細工をしたにきまってます。申し訳ありません」

ロベルトがグッと喉を鳴らした。

「そういうことか……アンジェラが謝る必要はない」

「お姉様に責任を取ってもらいましょう。いまどこにいるか知りませんか？」

目を泳がせるロベルトを見て、知っているのだと確信する。

わたしに隠し事をしていたのね？

「ロベルト様ぁ。わたしがお姉様に手紙を書きます。教えてください」

胸を押し付けるように抱き着くと、ロベルトはあっさり陥落した。

「これは口外しないでもらいたいんだが、あいつはいまデロア王国のクリストフ王子のもとにいる」

なんですって⁉

わたしたちの記念すべき華麗な追放劇に水を差したあの色男についていったってこと？

どれだけ厚かましいのかしら……。許せないわっ！

怒りで体が震える。

「実は手紙ならすでに送ったんだ」

「え？」

聞いてないんだけど⁉

「イバラを焼きに戻ってくるよう要請したが、断られた」

ロベルトが憮然《ぶぜん》としている。

恩情で許してやると言ったのに、エステリーゼが断ったってこと？　ということは、生活に困っていないのかしら。きっとクリストフにうまく取り入ったに違いないわ。そういうことだけは得意な女ですもの。

「すまない。そんなに震えなくても大丈夫だ。あの女が帰ってきたとしても、僕の気持ちが揺らぐことはない」

そんなの当然よ！

ロベルトの胸に顔をうずめながら、下唇をギリリと噛みしめた。

翌日、事態はさらに悪化した。

国王陛下が、芝刈り亀さんと設計図をもう一度見たいと伝えてきたのだ。

イバラはひとまず魔道具士と魔術師総出で焼き払ったらしい。異常成長の原因が魔道具にあると陛下にも疑われているのかもしれない。

ローウェン先生の口添えもあったようだ。

追放前にエステリーゼが魔道具の使用と植物の異常成長に関する研究をしていたと。陛下はすでに、その仮説論文にも目を通しているらしい。

余計なことをしないでもらいたいわ。

不気味なカラスの魔法付与を手伝ってやったっていうのに、あの日和見《ひよりみ》な教師はわたしを裏切ってエステリーゼの味方をするのね？

わたしがロベルトと結婚したらクビにしてやる。

しかも仮説が本当だとしたら、やっぱりあの女がわたしを陥れようと細工していたんだわ！なんて意地悪なのかしら！

そして悪い知らせがもうひとつ。

「実は、工房からも相談が来ておりまして……」

執事が言いにくそうに続ける。

「劣化素材で作ったお掃除亀さんの誤作動が頻発しているようです。もう一度面会したいとのことですが」

なんなのよ、そんなの知らないわ。質を落としたいって言ったのは向こうだもの！

「ショックで具合が悪いから回復するまで待つように言ってちょうだい！」

頭まですっぽりシーツをかぶる。

どうしよう。

あの亀は本当はエステリーゼが作った物で、わたしは一切関与していないって白状してしまおうか。

いや、ダメよ。そんなことをしたら、ロベルトとの結婚が遠のいてしまう。第二王子妃の座が、すぐ手の届くところまで来ているのに！

もう一度手紙を書いて、返事が来るのを悠長に待っている場合ではない。

こうなったら、自力でエステリーゼを連れ戻せばいいんだわ。

どこかにずっと閉じ込めて、魔道具作りとトラブルの対処をさせてやるっ！

自分の素晴らしい思い付きに自然と口角が上がる。

ベッドから出ると、部屋の前に誰もいないことを確認した。

そして芝刈り亀さんと設計図を火の魔法で焼却する。これで証拠はなくなった。

質素なワンピースに着替えてフード付きのローブを羽織ると、床に魔法陣を展開した。

これぐらいはお手の物だ。

だってわたしは、才能のある一流魔術師ですもの。

魔法陣は実際に行ったことのある場所にしか転移できないけれど、国境に近いところまで飛べるはずだ。

「エステリーゼに思い知らせてやるわ。どっちが格上かってことをね」

首を洗って待ってなさい！

両親と旅行で訪れたことのある湖を思い浮かべながら、魔法陣の中心に立った。

第五章　水耕栽培

さっそく水耕栽培の環境作りがはじまった。

クリストフとディアナの後押しのおかげで至って順調だ。

水耕栽培の実験に適した土地は、日当たりがよく水が豊富で、ある程度の広さがある場所。

クリストフがその条件に合う場所を滝のそばに用意してくれた。

強固な結界を張る以前、国境警備隊の駐屯《ちゅうとん》所として使っていた建物を再利用している。

立地は申し分ないけれど、唯一の誤算はわたしとクリストフに認識の差があったことだ。

わたしは王城を引き払ってこの岩山で暮らすつもりだった。それに対しクリストフは、暮らしは王城のままでわたしが毎日ここへ通うものだと思っていたらしい。

クリストフが王城のアトリエの床に魔法陣を出現させ、さらに新しいアトリエの床にも同様に魔法陣を設置したものだから驚いた。一回限りの魔法陣ではなく常設だ。

「なぜ常設の魔法陣を？」

すると彼は涼しい顔で言った。

「こうしておけば、リーゼがひとりの時でも自由に王城とこっちと行き来できるだろう？」

それを聞いて初めて、わたしたちの認識の差に気付いた。

だからあの時「魔法陣を設置」とか「馬で移動」とか言っていたのね⁉

事もなげに魔法陣を二か所に常設しようとしているクリストフだが、それは常人にとっては信じがたいとんでもないことだ。魔法陣の維持には魔力が必要だから、寝ても覚めても常に魔力を消耗している状態になる。

そんな負担をクリストフに強いるわけにはいかない。彼はデロア王国の結界を守っている大事な人なのだから。

デロア王国は噂通り魔力の高い人が多く、騎士であるフランコだって魔法陣を展開できる。それに引き換えわたしは魔力が弱いから、魔法陣の展開はもちろんのこと常設など逆立ちしたってできっこない。クリストフに無理をさせているのではないかと思うと申し訳なさが募る。

ただひとつ文句を言わせてもらうなら、そんなことを頼んだ覚えはない。

「やめておきましょう。わたしはここで暮らしますから、魔法陣は必要ありません」

「それは認められないな」

クリストフが、なにを言っているんだとでも言いたげに顔をしかめる。

「なぜですか？」

「リーゼのそばにいたいからにきまってるだろう」

ええっ！　どういう意味ですか⁉

琥珀色の目を輝かせながらそんなことを言わないでもらいたい。

困惑しながらディアナを振り返る。

わたしとクリストフのやり取りを黙って眺めていたディアナがにんまり笑った。

「クリスお兄様、リーゼが困っているわよ」

ありがたいことにディアナが助け舟を出してくれた。にもかかわらず、クリストフは譲る気がないらしい。

「俺のほうこそリーゼがわからずやで困っているんだが」

わからずやはあなたです！

「わたしが王城にとどまる理由がありません」

言い返すとようやくわかってくれたのか、クリストフがあごに指を当ててなにやら考えはじめた。

「なるほどその通りだ」

よかった……とホッと胸をなでおろしたのも束の間、クリストフがとんでもないことを言い出した。

「リーゼとここで一緒に暮らすのもいいな。たしかに王城にいる必要はない」

ダメですっ！　なにを言ってるんですか！

慌てて否定する。

「いけません！　わかりました。毎日魔法陣で往復しますね。ありがとうございます！」

早口でまくし立てた。どんどんおかしな方向へ行く前にこっちが折れるしかない。

どうしたことだろう。わたしはデロア王国の片隅でのんびりスローライフを送りながら魔道具を作っていくつもりだったのに、それがどんどん遠のいている気がする。

それに、クリストフに確認しておかないといけないことがある。

「魔法陣の常設は、魔力の消耗が激しいのではないですか？」

「力任せに展開した魔法陣は維持に膨大な魔力が必要となるけど、最小限の力で丁寧に作ると魔力の消耗も少ないことがわかったんだ」

魔法陣を作ることすらできないわたしにはわからないけれど、そうなんだろうか。

「これはすごい発見だよ。リーゼが教えてくれた魔導回路の付与がいいヒントになった。だからその礼だと思ってほしい」

クリストフのウインクにドキッとする。

わたしはただ魔導回路への魔法付与の基礎を教えただけだ。そのお礼が魔法陣の常設とは、釣り合いがとれていないのではないだろうか。

「もうひとつ確認させてください。もしもわたしが頻繁にこの魔法陣で行き来すると、やはり負担になるのではないですか？」

移動する瞬間の魔力の消費はそれなりにあるはずだ。もちろん一日に何度も往来するような、むやみな使用は控えようと思っているけれど。

「それぐらいは大丈夫。俺を見くびらないでほしいな。離れていてもリーゼが魔法陣を使った瞬間を感じ取ることができたら、俺にとってはご褒美みたいなものだから」

なにがどうご褒美なんだろうか。意味がわからないし、なんだか怖い。

それなのに甘く微笑まれてなにも言えなくなった。

その微笑みは心臓がおかしくなって冷静でいられなくなるからやめてほしいのに。

翌日、クリストフのいない隙を狙ってディアナに聞いてみた。

「気のせいだと思うんだけど、クリス様はもしかしたら魅了魔法を使っているんじゃないかしら？」

するとディアナは、どういうわけか嬉しそうに顔を輝かせた。

「リーゼがそう思っているのなら、大きな進展だわ！」

いや、いったいなんの話をしているんだろう。

わたしの戸惑いをよそにディアナが続ける。

「クリスお兄様は、そんな卑怯な手を使う人じゃないから安心してちょうだい」

魅了魔法のように人の精神を操る魔法は、とても高度な黒魔術だ。そして、どの国でも黒魔術は禁忌《きんき》とされている。

クリストフがその禁忌を犯しているのではと一瞬でも疑うだなんて、とんでもなく失礼な発想だ。大っぴらに公言すれば不敬罪で捕まってもおかしくない。

ディアナの言う通り、彼はそんなことをするような人ではない。

「そうよね。クリス様に限ってそんなはずないわよね。疑ってしまってごめんなさい、内緒にしてね」

「もちろんよ！　もうひと押しね！」

会話が微妙に嚙み合っていない気がする。

ともあれ、あまり気持ちを浮《うわ》つかせてばかりではいられない。わたしには水耕栽培を成功させなければならない使命がある。

魔法陣はありがたく使わせてもらうことにして、水耕栽培システムの構築に着手した。

水耕栽培で作る野菜や花は、種をまき、いい苗を作ってそれを大きく育てていくという通常の野菜づくりの手順と変わらない。

違いは土を使わないことだ。土を必要としないため、水と光さえあればどこでも作れるし、室内で育てれば天候に左右されない利点がある。

前世では水耕栽培のデメリットは、水を常に循環させる設備とライトの使用で電気代がかさむことと、根菜の栽培には向かないことだと言われていた。

この世界では魔法で代用するため電気代はかからない。そして新鮮な葉物野菜を食べたい、花を増やしたいというリクエストで水耕栽培を始めることになったのだから、根菜を作る必要はない。

野菜の種はデロアの狭い農地の一角で葉物野菜を作り続けている農家さんから貴重な在庫を分けてもらった。

野菜を育てている畑を実際に見たけれど、たしかに狭い。おまけにその小さな農地で小麦と野菜を交互に作るため、畑の土を休ませる暇がないという。

そのせいか、土がパサついて見える。セレンスタの肥沃な土とは大違いだ。

「土は魔法で耕しているんですか?」

「魔法と手作業と両方です。ただ、土に養分を与える魔法は存在しないので……」

農家さんが顔をしかめながら言う。

どうやら魔法では土壌を改良することはできないようだ。となると、ここは魔道具の出番だろう。

魔物成分を素材にした小さな耕運機を開発すればいいだろうか。

水耕栽培で作れる作物は限られている。ということは、デロアの希少な農地をこれからも大事に守っていかなくてはならない。

水耕栽培と一緒にその支援もしていこうと決めた。

農家さんからもらった種は種類が少ないため、育ててみたいほかの野菜や花の種に関しては周辺諸国から取り寄せ中だ。

野菜や花の苗床《なえどこ》は、スライムの外皮を使用することにした。

水に浸したスライムに種まきをすると、発芽が早くしかもしっかりした苗になる。スライムがこんなにも万能だとは知らなかった。

スライムの素材調達はわたしたちの手を離れ、騎士団が対応してくれている。ちょうど国境付近にスライムが大量発生する時期と重なり、素材に困らない上に駆除にもなるらしい。

一挙両得といったところだろう。

苗は本葉が二、三枚になったところでスライムごとパイプに空けた穴へ移す。

パイプは軽量の金属を筒状にして作り、愛用のインパクトドライバーを使って組み立てた。

パイプは、アトリエの二階フロア全面と屋外の二か所に設置している。

建物内ではライトのかわりに魔石を利用して光を当てている。屋外のパイプは日当たりのいい場所に設置した。

いずれもパイプの中を流れる水は常に循環し続けている。

水魔法と風魔法を施した魔導回路を備えているが、定期的に水の魔石の交換と魔物成分の継ぎ足しが必要となる。

魔物成分はいろんな魔物の素材で試してみた。その結果、水と相性のいい水棲タイプと植物タイプの魔物の素材が最も成長を促進できることがわかった。

これから先、水耕栽培を手広くやっていくためには安価で手に入りやすい素材を使うほうがいいだろう。

クリストフやフランコとも検討を重ねた結果、条件を満たす魔物のうち周辺の岩山で最も入手しやすいのはツタモドキであるとの結論に至った。

ツタモドキはまるっきり本物そっくりのツタに擬態して獲物を待ち構えるスタイルの魔物で、ツタに見える部分は頭髪に当たる。

土よりも岩山を好んで生息し、本体は岩の隙間に隠れている。

植物のツタとの違いは見た目ではわからない。ツタモドキのツタは温かいため触れるとわかるけれど、そこまで接近すると捕まってしまう。

採集にあたっては、またもやフランコにおとりになってもらった。

フランコがわざとらしく口笛を吹きながら岩肌に絡まるツタモドキへと近づいていく。そして誰かを待つようにその岩肌にもたれた。

まんまと獲物が来たと思い込んだツタモドキが、岩の隙間から何本ものツタを伸ばしてフランコの体に絡ませる。

締め上げた獲物を本体まで引き寄せ、干からびるまで養分を吸いつくすのがツタモドキの食事の形式だ。

「うわあぁぁぁぁっ！」

すっかりお馴染みとなったフランコの絶叫が響く。

クリストフが短い詠唱と共に風魔法のウインドカッターを放ち、ツタを切り落とした。

フランコが体を張りクリストフが華麗に魔法を放つ。とてもいいコンビネーションだと思う。本体にとどめは刺さなくていい。積極的に反撃してくる魔物ではないため、ツタを切られたからといって怒って岩の隙間から飛び出してくることはない。それに、またツタの髪が伸びたら何度でも採集できるため、生かしておくほうが好都合だ。

ツタモドキを散髪しておけば岩山を散策する人たちが襲われる心配もなくなる。こちらもまた一挙両得だ。

入手したツタは乾燥させて粉末状にし、栽培用のパイプに投入していく。その量に関しては試行錯誤を繰り返した。

水に混ぜる量が多ければ多いほど効果が高いことはわかった。しかし多すぎると、とんでもないことになる。

水が滞りなく循環を保てることを条件として最大量を投入してみたところ、早回し映像を見ているかのような勢いで苗が成長しはじめたのだ。

翌朝には重みでパイプが折れ曲がってしまうほどの巨大レタスに育っていた。しかも花が咲いて薹《とう》が立ち、すでに食用には適さない状態になっているというオマケ付きで。

成長が早ければ早いほどいいわけではない。

大量生産するようになれば、消費とのバランスを考えてなるべく無駄のないように育てていかなければならない。

検証を繰り返し農家さんからのアドバイスも聞いて、葉物野菜は種まきから収穫まで十日から二週間での収穫を目安に調整できるようになった。

クリストフは毎日必ず顔を見せてくれるし、材料調達も手伝ってくれる。その態度に水耕栽培への並々ならぬ期待度がうかがえた。

そんなことを繰り返しながら、二カ月が経過したある日のこと。

わたしはいま、王城のダイニングルームにいる。

「本当に大丈夫なのか？」

隣に座るフランコの顔色が悪い。

「大丈夫。この味変スプーンを使えばどんなものでも美味しく食べられます！」

胸を張って自慢の味変スプーンを手渡そうとしたが、拒否された。

「いや、そういう問題じゃないだろうが。人体に悪影響がないかを調べるのに、味を変えてどうする！」

フランコがあまりにも悲壮感たっぷりの顔をしているから、緊張をほぐすために笑ってもらおうと思っただけだ。できればノリツッコミをしてもらいたかったのに。

テーブルには所狭しと葉物野菜を使った料理が並べられている。

生のリーフサラダはもちろんのこと、クリーム煮や炒め物、揚げ物、スープ、蒸し野菜、ブルスケッタなど。王城お抱えの一流料理人が腕によりをかけて作ってくれた品々だ。

葉物野菜だけではない。ツヤツヤで美味しそうに熟《う》れたミニトマトとイチゴも盛られている。

魔物成分を栄養として吸収し急成長した野菜を人間が食べても大丈夫なのか、そして味も問題ないか——それを検証しようとしているところだ。

安定して数種類の野菜を生産できるようになったところで、食べても人の体に悪影響を及ぼさないことを証明しなくてはならなくなった。

本当はもうとっくに、この料理を食べてもなんともないことがわかっている。

だって、味見と称してすでにさんざんつまみ食いをしたり、こっそり自分で調理して食べたりしていたんだもの。

レンジボックスをアトリエにも一台置いているため、調理がとても楽だ。

レンジボックスを市場のスープ店に渡したのが二カ月ほど前。

すでにほかの飲食店から王城のほうへ問い合わせが殺到していると聞いている。

自分で使っている分には、いまのところレンジボックスに問題は見当たらない。

水耕栽培で育てた野菜をレンチンして美味しく食べている。

お腹を壊したり、気持ち悪くなったりすることなんて一切なかった。それに、体が急激に大きくなることもない。

前世では、野菜用の農薬は残効期間が過ぎれば影響がないといわれていた。

だったら同じことをすればいい。

念のため、野菜が十分大きく育ったところで収穫前の三日間は魔物成分を入れずに普通の水に切り替えることにしている。

試しに水耕栽培で育てた野菜をすりつぶしたものを水に混ぜて木を育ててみたら、真水と比較して成長の優位性は見られなかった。つまり水耕栽培で育てた野菜に、魔物成分は残留していないことになる。

そういった検証結果とあわせて実際にパフォーマンスとして食べてみせれば、大きな説得力となるだろう。

「だってこの大陸には、魔物の肉を調理して直接食べている国もあるんですよ?」

世界的な基準としては、もうとっくに魔物を食しても人体に成分が蓄積して悪影響を及ぼすことはないという研究結果が出ている。それは近年の話ではなく、もっと昔から言われていることだ。魔物の肉ばかりを好んで食べる美食家も多いと聞いている。

「それはそうだが……」

フランコはまだ踏ん切りがつかないらしい。

今回の試食を、王城お抱えの毒見役にやってもらおうという話もあった。

しかし彼らを使えば、まるで毒が紛れているかのような誤解を与えかねない。

そこでわたしとフランコが食べることになった。

もちろんこの決定に至るまでにひと悶着あったのは言うまでもない。

「リーゼがするなら俺もやる」

そう言ってクリストフがごねたのだ。

心配性のフランコがこれに猛反対し、代わりに試食をすることとなったが、クリストフは尚も不満げだった。

国民から安全面での納得を得るためには、最終的に王族の誰かに食べてもらう必要があるだろう。

だからわたしからも、

「いまはまだその時ではない」

と説得して、どうにかわかってもらったというわけだ。

「いただきます！」

わたしはなんの躊躇もなく食べはじめた。

料理はどれもとても美味しい。味も食感も問題ない。もちろん、味変スプーンは使用していない。

モリモリ食べているわたしを見てようやく覚悟を決めたらしく、フランコもリーフサラダから食べはじめた。最初は一枚ずつチビチビと。

しかし途中から吹っ切れたのかものすごい勢いで食べはじめ、最終的にテーブルに並んでいた料理すべてをふたりで完食した。

最後にデザートとして食べたイチゴも、甘酸っぱくてとても美味しかった。大満足だ。

ただ、こうやって試食のデモンストレーションをしたとしても、すんなり受け入れられない気持ちもよくわかる。

王城内でも意見が真っぷたつに分かれているらしい。

新しい物や文化を受け入れる、ましてやそれが口に入れる物となると抵抗があるのは当然だ。

デロア国民が納得いくまでデータを提供し、時間をかけて説得を続けていこうと思っている。急ぐ必要はない。

その間は花の生産に力を入れていけばいい。

試食会が終わり、料理人たちにお礼を言おうと厨房までクリストフに案内してもらった。

「みなさん、美味しいお料理をありがとうございました！　とっても美味しかったです！」

自分の食レポの語彙《ごい》力のなさにがっかりする。それでもわたしとフランコの食べっぷりも見てくれていたようだから、美味しかったことは十分伝わっているだろう。

料理長と握手して笑顔を交わす。

「エステリーゼ様、ひとつお願いがございます」

「なんでしょう？」

料理長の後ろにほかの料理人たちもズラッと並んでこちらを見ている。

「薬物野菜を定期的に厨房へ回していただけないでしょうか」

思いもよらぬ要望に首を傾げる。

水耕栽培で作った野菜を王城の料理に使う許可はまだ下りていないはずだ。

「葉物野菜の扱いに不慣れな者が多く、本日の調理には四苦八苦いたしました」

この食材を使って思いつく限りの料理を作ってほしい。今日はそうお願いした。

もしや、ずいぶん無理なことを要請したんじゃないだろうかと不安がよぎる。

「みなさんの負担も考えずに無理を言ってしまい、申し訳ありませんでした」

頭を下げようとすると、料理長に慌てて止められた。

「いえ！　そういうことではございません！　一同で試行錯誤を繰り返してとても楽しかったのです。しかも勉強になりました」

なるほど、そういうことか。

たくさんの葉物野菜が、彼らの料理人魂に火をつけてしまったらしい。

「それと、我々にその料理を試食する許可をいただけないでしょうか」

料理長がクリストフを見る。

たしかに作ったからには味見もしたいところだろう。

水耕栽培の野菜が安全性を確保しているデータは厨房にも事前に提出しているから、目を通しているはずだ。

でもこういうのは気持ちの問題だから、無理に食べる必要はないとも思う。

「安全に食べられるはずだが……」

クリストフも許可すべきか迷っているかのように言葉を濁している。

「もちろん嫌がる者に無理に食べさせたりはしません。私は若い頃、料理の修行で大陸を旅して実際に魔物料理を食べたことがあるのです。ですから抵抗はございません」

料理長がきっぱり言うと、後ろに並ぶ数名からも「私もです！」という声があがる。

飽くなき食への探求心といったところだろうか。

クリストフは、そういうことならと厨房での試食を許可した。

水耕栽培の葉物野菜がデロアで広く食べられるようになる日も、そう遠くないかもしれない。

さらに、ミニ耕運機も完成させた。

見た目はモグラ。畑の土を耕しながら、栄養分も混ぜ込んでいく魔道具だ。

魔物のオオモグラのツメを加工して前肢《ぜんし》にしているため、これで土を耕せば魔物成分の効果で栄養豊富な土になる。ただし効果は控えめに、細く長く続くよう設定しておいた。

人間が魔法や手で耕すのとは違い、疲れ知らずでずっと動く。小回りもきいて隅々まできちんと均一に土を掘り返せるのも利点だ。

農家さんはとても喜んでくれて、さっそく追加注文も届いている。

これで小麦の収穫が安定し、さらに野菜を育てる余裕が生まれれば、水耕栽培とあわせてデロアの食糧問題が改善されていくだろう。

岩山のアトリエでは、野菜と並行して花も育てている。

大陸のあちこちから取り寄せた花の種は数十種類に及んだ。

花は野菜よりも成長のサイクルが早い。

種まきから開花までが一週間から十日だ。

鉢植えにする場合は蕾《つぼみ》をたくさんつけはじめたところで普通の土に移し替えれば、そこからは成長が元通りになる。切り花の場合は、親株が弱るまで何度でも切り戻して繰り返し採花できる。

サイクルが早いため品種改良もしやすく、いまはいろいろな種類の花で色のバリエーションを増やそうと奮戦中だ。

品種改良の交配の組み合わせに関しては、ディアナがセンスを発揮してくれた。

「これとこれを交配してみましょうよ」

彼女がそう言ってチョイスした組み合わせで交配してみると、たいてい新色が生まれる。

特にパンジーとマーガレットは新種が作りやすい。

ディアナとふたりで夢中になって色や花の大きさを変化させているうちに、岩山のアトリエで育てている花の種類がどんどん増えていった。

花は野菜と違って口に入れる物ではないから、デロア国内ですでに少しずつ流通が始まっている。

これまで屋敷に花を飾ったり庭園で花を育てたりする習慣があるのは、王族とごく一部の高位貴族のみだった。それが貴族全般に広く浸透しはじめ、飾るだけでなく花束を贈り合うことが流行になりつつある。評判も上々だ。

以前は希少価値が高くて値が張っていた花が、流通量が増えたことにより城下町の商人や平民にも手に入れやすいお手頃価格になってきた。

市場には新たに生花店もでき、アトリエで作った花はその店に卸している。

近い将来、デロア王国全土に花の文化が浸透していくことだろう。

城下町が花で彩られたら、さぞや素敵で華やかな都になると思う。

ちなみに除湿スライムに溜まった水を花瓶に入れると花が長持ちするだけでなく、鉢植えの花の水やりに使うと成長が早まる上に花がたくさん咲く。それが口コミで広まって、生花店で花と一緒に除湿スライムも商品として扱われるようになった。おかげで除湿スライムの注文が頻繁に舞い込むようになり、いまでは納品まで少々待ってもらっている状況だ。

花と除湿スライムの注文が多くなったことで、ある悩みが浮き彫りとなった。

いずれ独り立ちして魔道具を作っていくにあたり、材料調達をどうすればいいか。

セレンスタにいた頃は学校の魔道具研究所に材料があったし、ないものは注文すればいいいだけだった。魔物狩りへの同行は自ら素材を調達することが目的ではなく、魔物の特性を知ることと、ほかのハンターたちと共に魔核の正しい取り除き方を学ぶことが目的だった。

しかしデロアには魔道具士がおらず、魔道具の素材を扱う商店もない。魔道具士の腕さえあればひとりで食べていけるという認識が甘かった。わたしは世間知らずだったのだ。

魔道具がヒットして注文が殺到したら、その分素材がたくさん必要になる。その素材調達までひとりでこなすとなると、体がいくつあっても足りないだろう。

それに好戦的ではない弱い魔物なら倒せても、ツタモドキやオオグモをわたしひとりで倒せるとは到底思えない。

ひとりでなんでもと気負わずに、狩りを手伝ってくれるパートナーを雇おうか。

いろいろ考えて、ある日岩山のアトリエでの作業中にフランコに相談してみた。

「魔法がそこそこ使えるフランコ様のような騎士様をパートナーにしたいんです。どなたか紹介していただけませんか」

「なっ⁉　お、俺はダメだ。絶対にお断りだ！」

突然フランコが慌てはじめる。

フランコはクリストフの護衛という重要任務があるのだから、無理なことぐらい承知している。だから別の誰かをと相談してみたのに、そんなに力強く拒絶されると少し傷つくではないか。

「わかっています。ですからもう少し時間に余裕があるというか、暇そうにしている人がいいというか……」

いや、この言い草は失礼かもしれない……そう考えていたら、一緒に話を聞いていたクリストフが青ざめた顔で尋ねてきた。

「リーゼは暇を持て余している騎士が好みなのか？」

クリストフが唇を震わせるほど失礼な発言だったようだ。

デロアには暇を持て余している騎士がたくさんいると思っているわけではないけれど、わたしがそう思い込んでいると勘違いされたかもしれない。

「リーゼ、別の方向に目を向けたほうがいいと思う。よく考えるんだ」

真剣な面差しのクリストフが、わたしを諭《さと》すように言う。

言われてみればたしかに、視野が狭くなっていたかもしれない。

わたしは魔道具士なんだから、こういう時こそ魔道具で解決してみせろってことね！

「失言でした。手始めに本物のツタとツタモドキを、遠目からでも区別できる魔道具を作ります！」

こぶしを握り締めて宣言する。

ひとりでは無理だとあきらめずに方法を模索してこそ一流の魔道具士というものだろう。

しかし目の前のふたりは、ポカンとした顔で固まっている。

なにかおかしなことを言っただろうか。

「いやいや待て待て、なんの話だ？」

フランコがまた慌てふためく。

「独り立ちした後に素材の調達をどうすればいいか考えていたんです。その結果、手伝ってくれる騎士様がいればと思って」

「なんだ、そういうことか」

クリストフが大きなため息をついて脱力している。

「それを早く言え。びっくりしただろうが！」

フランコが今度は怒りだした。

そんなに妙な発言だっただろうかと腑に落ちない気もするけれど、たしかに説明不足だったのは否めない。

あらためて現在の状況と今後の展望を説明すると、クリストフがわたしの手を取って強く握った。

「リーゼ、そういうことはまず俺に相談してほしい」

クリストフもどこか憮然としている。

「スライム討伐はすでに騎士団に任せているだろう?」

岩山に魔物が大量発生した時や凶暴な魔物に生活を脅《おびや》かされる恐れがある場合には、騎士を選抜して討伐隊を組むのがこれまでの習わしだったらしい。

その延長線ということで、スライムの素材調達は騎士団に任せている状態だ。

「水耕栽培は間違いなく国家事業になる。素材調達専門の組織を作ろうと計画しているところだから、心配しないでくれ。それに、リーゼのサポートやパートナーは、これから先もずっと俺だからね？」

当面はデロア王家お抱えの魔道具士として働いてほしいという意味だろうか。

「ありがとうございます。もしも今後わたしが独り立ちする日が来たら、あらためて相談しますね！」

クリストフはなぜか整った笑みを浮かべるだけで、返事をしてくれなかったけれど。

こうして騎士団の中に「魔物討伐部隊」が新設され、素材収集に関しては全面的に彼らに任せることとなった。

ツタモドキと本物のツタの区別が容易につく魔道具も作った。

ツタスコープ。

材料は、ジャイアントモスキートの眼。

双眼鏡に素材と火魔法を付与した。このレンズを通して眺めれば、ツタモドキが発している熱が赤く浮かび上がって見える。

前世で使われていた赤外線スコープをヒントに作ってみた。

これにより、実は岩山に絡みついているツタの大半がツタモドキであることが判明して、クリストフたちを驚かせた。

また生き物が発する熱を感知できる特性から、ツタモドキだけでなく物陰に隠れた敵の判別や暗闇での活動に使える汎用性があると評価されて、騎士団から大量の追加注文を受けた。

そんなこんなで忙しい中でも、苗木も引き続き育てている。魔物成分を使った水耕栽培の発端となった、あの木だ。検証結果が出たからといって捨てたわけではない。

すでに苗木ではなく、幼木《ようぼく》まで成長しているけれど。

挿し木をしていた一番小さかった木は、魔物成分を多くしてほかの苗木と成長を合わせた。全部で三十本ある。

アトリエの外に並べて育てているけれど、木桶のサイズを成長に合わせて大きくするのもそろそろ限界だ。

地面に定植するなら滝から続く川の両岸に植え付けたいと思っている。しかし勝手に木を植えるわけにもいかないだろう。そこでクリストフに相談した。

「この木を川沿いに植えたいんです」

「いいね。担当官に相談してみよう」

「お願いします！」

要望はあっさり承認され、次は川のどのあたりに植えるかの検討に入った。クリストフに仲介してもらうと話が早くて助かる。

実際に川沿いを歩いて見て回り、土の柔らかそうな場所に植えることを決めた。

木の定植は土木ギルド所属の職人たちが総出でテキパキやってくれた。

しっかり根が張るように魔物成分を含んだ培養液を最後に少しかける。

ちょうど蕾がつきはじめてきたところだから、もうしばらくすれば満開になるだろう。

クリストフがその蕾をじっと見つめている。

「この木は……？」

「これはリリビアスの木です」

クリストフがハッと息をのんで、再び蕾を見つめる。

「リリビアスの花が満開になると、とてもきれいなんですよ」

ディアナとフランコも誘って、みんなでお花見をしたい。

「そうか。花が咲くのが楽しみだな」

クリストフが目を細めて、なにかを懐かしむように笑った。


川の両岸に植えたリリビアスが一斉に満開の見ごろになったのは一週間後。

その花を見に貴族も平民もこぞって川沿いを訪れてにぎわっている。前世の花見客の多さに引けを取らないほどの人出だ。

デロア王国には、こんなに咲き誇る花を見るのが初めてという人も少なくないらしい。

リリビアスの花を称賛する声や感嘆する声がそこかしこから聞こえて嬉しくなる。

クリストフは落ち着いているけれど、ディアナとフランコは顔を上気させて満開の花に見入っている。

時折吹く風に揺られて淡いピンク色の花びらが舞う。川面に落ちて流れていく花びらを物珍しそうに眺めている人たちの目がキラキラと輝いた。

リリビアスの木はこれから先、長い年月をかけてさらに立派に成長していくだろう。

大きな仕事を成し遂げたような感慨に浸っているわたしの耳に、不意にクリストフの声が聞こえてきた。

「枝を触ってはダメだ。枯れてしまうかもしれないからね」

振り返るとクリストフが、リリビアスの枝を引っ張ろうとした男の子に注意をしている。

その男の子は素直に言うことを聞き、謝罪をして走っていった。

クリストフの言う通りで、リリビアスの枝を手で触るとそこから雑菌が入って木が枯れてしまうことがある。しかしなぜそれをクリストフは知っているんだろうか。

教えた記憶はない。デロアにはこれまでリリビアスの木が存在していなかったと聞いているから、その知識がもともとあったとも思えない。

驚きながら見つめるわたしに、クリストフが微笑みかけてくる。

「そうだろう？」

「はい、その通りです。でもなぜそれを……？」

クスッと笑った彼がゆっくりこちらへ歩み寄ってくる。

「リーゼが教えてくれたじゃないか」

「そうでしたっけ？」

わたしは小首を傾げた。

おかしい。ちっとも覚えていない。

「十一年前に、セレンスタのリリビアスの木の下で」

――‼　嘘……まさか？

「いつになったら思い出してくれるんだろうって、待っていたんだけど」

「あの時の！　偉そうな少年！」

言ってからしまったと思ったが、もう遅い。

クリストフが、あははっと笑った。

「やっと思い出してくれたか。そうだよ、俺はあの時の偉そうな少年だ」

やだ、とんでもなく失礼なことを言ってしまったわ！

「ず、ずいぶんと背が伸びましたね！」

ごまかそうとしたけれど、クリストフはちょっと意地悪そうな笑みのままこちらを見つめている。

「それはお互い様だ」

もう口元を引きつらせて笑っておくしかない。まさか幼い頃にクリストフと会っていたなんて……。

十一年前の記憶が走馬灯のように蘇ってきた。

偉そうな少年ことクリストフとの出会いは、わたしが七歳の時。母を亡くしてちょうど一年が過ぎた頃だった。すでに父、継母、アンジェラとの関係が悪かったわたしは、リリビアスの花が見たいとせがんで侍女とふたりでお花見にきていたのだ。

そこで偶然出会った、あの紺色の髪の少年がクリストフだったとは。

ごく普通の子供らしい服装でありながらシャツもズボンも仕立てがよさそうで、高位貴族の息子のような雰囲気を醸し出していた。しかも後ろには執事風の男性がついている。

そんな彼が手を伸ばし、枝を引っ張ったのだ。

「枝を触ってはダメ！　枯れちゃうかもしれないでしょう！」

駆け寄って枝を触っている手を払ったのが気に入らなかったらしい。彼は怒りだした。

「なんだよ、おまえ！」

「エステリーゼよ！　あなたこそ誰よ！」

「俺は……誰だっていいだろ。それより、なんだよ」

彼は唇を尖らせた。

ここまで思い出して、そうだったのかと納得する。

きっとお忍びでリリビアスを見にきていたのね。だからクリストフは名乗れなかったんだわ。

当時わたしは七歳だったけれど、前世の記憶があるため精神的にはもっと大人だった。そんなわたしから見てあの時のクリストフは、ずいぶん尊大でかわいげのない少年だったと記憶している。

リリビアスの枝を触るとそこから雑菌が入って枯れてしまうことがある。だから触らないでほしいと説明しても、クリストフは悪びれもせずこう言ったのだ。

「それがどうした。枯れたら金で弁償すればいいんだろ」

パチン！

思わず彼の頬を叩いてしまった。指先がジンジンするのを感じながら、大人げないことをしたと反省する。それでも言わずにはいられなかった。

「この木がここまで育つのにどれだけの時間と手間がかかってるか知ってるの？　お金で解決なんてできないんだからっ！」

それはほぼ八つ当たりだった。大好きな母と一緒にリリビアスの花を見た大切な思い出を汚されたような気がしたのだ。

クリストフは、頬を押さえて怒りに震えていた。

「よくも叩いたな。謝れ！」

「そっちこそ、リリビアスに謝りなさいよっ！」

睨み合うわたしたちを、互いの侍女と執事がオロオロしながら見ている。

「じゃあ、すごろくで勝負しましょ。負けたほうが謝るっていうのはどう？」

当時わたしは母と作ったオートすごろくを形見のように思い、肌身離さず持ち歩いていた。

「いいだろう。受けて立つ！」

勝負すると言ったクリストフに、わたしは内心ほくそ笑んだ。

勝つ自信があったからだ。

侍女からバッグを受け取ってオートすごろくを取り出し、行きかう人たちの邪魔にならない場所で広げる。

「このすごろくはね……」

ルールを説明しようとしたら、クリストフが鼻で笑った。

「ふんっ、知ってるさ。オートすごろくだろ。説明はいらない」

「あらそう。じゃあ始めましょ」

それぞれコマを選んでスタート地点に置く。

ルーレットを回せば、出た目の分だけ自動的にコマがマスを進んでいく仕組みになっている。

中盤で立ちはだかる鬼の門番は、そこに行きつくまでに集めたカードを駆使して戦い撃破しなければ先に進めない。もちろん門番と戦うのはコマだ。

クリストフは魔法カードを巧みに使って難なく門番を一ターンで撃破した。

魔法の組み合わせ方がうまい！と感心している場合ではない。こちらのコマは火炎放射器カードを使うも、二ターンかかってしまった。

「火炎放射器の威力がおかしくないか？」

「特別製なの。カッコいいでしょ？」

これはただのオートすごろくではない。母と試行錯誤を繰り返しながら、何度も魔導回路に手を加えてバージョンアップしたものだ。

わたしたちは、いがみ合いを忘れてすごろくに夢中になった。

そして終始リードを保ったクリストフのコマがゴール寸前まで来た時。

「きた！」

わたしは引き当てたカードを得意げにクリストフに見せる。

シャッフルカード。コマ同士が戦って、勝ったほうが負けたコマの位置と入れ替わることのできるカードだ。

わたしのコマは火炎放射器。対するクリストフのコマは、水魔法カードを使ってきた。

水魔法で火炎が抑え込まれ、わたしのコマが倒れそうになる。

勝利を確信したクリストフがニヤリと口の端を上げるのが見えた。

ここで、すうっと大きく息を吸う。

「頑張れー‼」

わたしが大声を出して応援すると、火力が増して水が一気に蒸発した。クリストフのコマがコロンとひっくり返る。こちらの勝利だ。

そして、マスの位置を入れ替えたわたしのコマがそのまま先にゴールした。

「やった！　わたしの勝ちね」

「なあ、いまのなんだよ。急に炎が強くなったじゃないか！」

クリストフが不満げに口を尖らせる。

「大きな声で応援すると強くなるように作り替えたの」

「そんなルール、聞いてない！」

「だって説明はいらないって言ったじゃない」

ふんすと胸を張ると、クリストフが顔を真っ赤にして悔しがった。

「もう一回だ！」

しかしここで彼の執事が静かに告げた。

「お坊ちゃま、そろそろお時間です」

執事は嫌がるクリストフを柔和な笑顔とは裏腹の怪力で担ぎ上げ、こちらに一礼すると立ち去っていった。

ちょっと！　謝る約束はどうなったの⁉

そう気付いた時にはもう、ふたりの姿は消えていた――。

あの後も、わたしは毎年リリビアスの開花の季節になると同じ場所を訪れていた。彼に再会できないだろうかと思いながら。

謝らせたかったわけではなく、また一緒にすごろくの勝負がしたかったのだ。しかし残念ながら再会は叶わなかった。

紺色の髪に琥珀色の目。高貴な雰囲気。

たしかにあの少年が成長したら、いまのクリストフの外見になりそうではある。

とはいえ性格が違いすぎて同一人物とは信じがたい。あのまま成長していたら、もっと尊大で傲慢《ごうまん》な大人になっているはずだ。

笑顔を絶やさず誰に対しても優しい現在の姿とは真逆ではないか。

過去のあの出来事を一通り思い返して横に立つクリストフを見上げると、ばっちり目が合った。

どうやらわたしが回想している間、ずっと見つめられていたらしい。

「あの時は俺が悪かった。本当はすぐにでもセレンスタを訪れてリーゼにもリリビアスの木にも謝罪したかったんだが、お忍び旅行でトラブルを起こしたことを叱られてね。しばらく国外に行かせてもらえなかった」

「こちらこそ失礼しました。クリス様を叩いてしまうだなんて、なんとお詫びすればいいか」

謝罪するとクリストフは再び、あははっと笑った。

「前も言っただろう？　俺はもともと生意気な子供だったんだ。でもリーゼに叩かれて目が覚めた。金では解決できないことがある……本当にその通りだ」

笑顔をひっこめたクリストフのまっすぐな視線に、ドキンと心臓が跳ねる。

どうしてこの琥珀色の目で見つめられると、こんなにも落ち着かなくなってしまうんだろうか。

「次があるのなら自信をもってリーゼに会えるようにと思って、努力してきたつもりだ」

「そんなにわたしと？」

クリストフが目を細める。

「ああ。ずっと会いたかった」

「わたしもです。あれから毎年、同じ場所で待っていたんですから」

ハッと息をのんだクリストフが、次の瞬間嬉しそうに笑った。

「遅くなってすまなかった。これからは……」

「そうです！　また、すごろくで勝負しましょう。次も絶対負けません！」

こぶしを握って力強く言い切る。絶対に負けるものか。

「そっちか……」

そっちとはどっちのことだろう？

なぜかクリストフが両手で顔を覆ってしまった。

その後ろではフランコとディアナが、憐みのこもった目でクリストフの背中を見つめていたのだった。


若葉を茂らせたリリビアスの木が川の両岸を彩りはじめた。

花が終わっても尚、瑞々しい新緑の葉を眺めに訪れる人が後を絶たないと聞いている。

デロアの国民たちは花や植物に興味がなかったわけではなく、環境が整っていなかっただけなのだろう。

その頃、ディアナが輿入れを迎えた。

花嫁衣裳を彷彿とさせる白いドレスに身を包むディアナが晴れやかに笑っている。

国王陛下、王妃陛下、そしてクリストフの順に挨拶を済ませたディアナが、次にわたしに笑顔を向ける。

なぜわたしは王太子のクリストフの隣に立たされているんだろうか。

「リーゼ、あなたと過ごした時間はわたくしの宝物よ」

「こちらこそありがとう、ディアナ。これはあなたへの贈り物」

はなむけに花束を渡す。

水耕栽培で作った新品種のマーガレットの花。中心の淡い黄色と花びらのターコイズブルーは、ディアナの目と髪の色をイメージして品種改良した。

ここしばらくディアナは本格的に輿入れの準備で忙しくなり、岩山のアトリエに顔を出す暇がなかった。その隙に内緒で作ったサプライズ用の花だ。

「まあ、素敵！」

ディアナが目を輝かせる。

「花が長持ちするように、スライムオアシスに挿しておいたわ」

除湿スライムの応用で、前世のフラワーアレンジメントで使用されていたオアシスを模した物を作ってみた。

中の水分はもちろんスライム成分を多く含んでいるため、花が長持ちすることは間違いないだろう。

「ありがとう、リーゼ。クリスお兄様をよろしくね」

目を潤ませるディアナにつられて、こちらまで目頭が熱くなる。

「任せてちょうだい、魔道具をじゃんじゃん作ってクリス様をお支えするわ！」

ふんすと胸を張ると、どういうわけかディアナが呆れたような顔で笑った。

「そういうあなたも大好きよ」

ディアナに封筒を手渡される。

「この手紙は、二日経ったら読んでちょうだい」

なんだろう。しっかり封蝋《ふうろう》してあるし、約束を守ろうと思う。

「わかったわ。明後日読むわね」

ディアナはたくさんの嫁入り道具を載せた数台の馬車を引き連れての移動だ。

シュリバスまでは十日ほどかかるようだけれど、途中で花が枯れることはないだろう。蕾もいっぱいついているから、次から次へと花を咲かせるはずだ。

城下町の広い目抜き通りをゆっくり進む馬車の列を見送る。

沿道からフラワーシャワーの祝福を受け、ディアナが馬車の窓から身を乗り出すように手を振り続けている。

このフラワーシャワーがもうひとつのサプライズだ。事前にクリストフに相談してみたら、とてもいいアイデアだと賛同してくれた。

花びらをたくさん用意するために、いま岩山のアトリエにある水耕栽培の生産ラインの大半が花で埋め尽くされている。

実は事前に城下町の商業ギルドを通じて、花びらをまいてディアナを祝福してもらいたいと根回しをしていた。

「エステリーゼ様！　一度お目にかかりたいと思っていたところです！」

お願いに訪れた商業ギルドのギルド長に歓待を受けて最初は驚いてしまったけれど。

城下町ではいま、レンジボックスが大流行している。

スープ店の店主夫婦が、とても便利な魔道具なのだと宣伝してくれたようだ。

レンジボックスの作り手がわたしであることも。

あの後もクリストフとスープ店に何度かお忍びで行っている。

客の回転率が上がったことでさらに繁盛していて、二号店を出す計画もあるらしい。

そういう経緯もあって、フラワーシャワーの協力要請をあっさり了承してもらえた。

今朝は早起きしてフランコとクリストフにも手伝ってもらい、収穫したたくさんの色とりどりの花びらを商業ギルドに届けたのだ。

「サプライズ大成功ですね！」

「そうだね」

隣に立つクリストフが目を細めて甘く微笑んだ。

閑話　アンジェラの暗躍とセレンスタの騒乱

魔法陣で一気にメディ湖までやってきた。

隣国のデロアとつながっている大きな湖だ。

さて、ここからどうしようか。カーッとなってここまで来ちゃったけど、ここからデロアへ入国するには滝を下るしかない。

風魔法をうまく利用して落下速度を落とせば、空を飛ぶように下りていける——そう思っていたのに。

無理よ！　怖いじゃないの！

いざ滝を見おろしてみると怖気《おじけ》づいてしまった。落差が半端ないし、水の勢いが凄まじい。

失敗して落下したら、死んじゃうわ！

ああ、イライラする。なんでわたしがこんな目に遭っているんだろう。

全部あの女のせいよ。

展望台からデロアを見おろしていると苛立ちが募る。

一旦この場を離れようと思って振り返った時、視界にふたり組のあやしい男たちの姿が飛び込んできた。

ここは観光地でほかにも観光客がいるけど、どうも異質な雰囲気が漂っている。景色を楽しむでもなくなにかを真剣に話し合っているような様子からして、観光客ではないだろう。

なんとなく気になって男たちにそっと近づいた。音が伝わりやすくなる風魔法を使う。

すると途切れ途切れに会話が聞こえてきた。

「デロアは…………」

「あっちは失敗……だがうまく……だ」

「王太子が連れていった……魔道具を作って……」

聞き捨てならないことを聞いた。

デロアの王太子といえばクリストフのことだ。彼が連れていった人物が魔道具を作っているってこと？　ということはもしかして……。

男たちに駆け寄る。

「それ、エステリーゼ・ボーデンのことかしら？」

男たちがギョッとした様子で振り返る。

「誰だ⁉」

刺すような鋭い目でこっちを睨んできた。でも、ひるむものですか。

「わたしはエステリーゼの妹のアンジェラ・ボーデンです。姉のことで知っていることがあれば教えてください」

「あんたがボーデン家のご令嬢だと証明できるものはあるのか？」

ローブの袖を上げて腕輪を見せる。

「これでどう？　ボーデン伯爵家の鷹の紋章よ」

男たちが紋章を見て頷き合う。

「妹のアンジェラっていえば、エステリーゼを追い出した張本人だろう？」

エステリーゼがセレンスタからいなくなって四カ月。そんな噂が広まっているらしい。

追い出した張本人だなんて、なんだか人聞きが悪いわ。

「いいえ、お姉様を追放したのはロベルト様です。わたしはそこまで望んでいませんでした。お姉様がどうしているか心配で、ここまで来たぐらいですから」

しおらしいふりをしてみる。

顔を見合わせた男たちはなにやら迷っている様子だ。

「どうにかお姉様に会えないかしら……」

独り言のようにつぶやくと、男たちが乗ってきた。

「エステリーゼに会いたいのか？」

「もちろんです。ロベルト様が許すとおっしゃっていることを直接伝えて、一度我が国に戻ってくるよう説得したいんです！」

するとと男のひとりがニヤリと笑う。

「実は俺たちは急ぎで魔道具を作ってもらいたくてね、あんたのお姉さんにどうにか会えないかって思っていたところだったんだ」

「まあ！　奇遇ですね！」

なんだ、そういうことだったのね。

この人たちも滝ルートでデロアに行こうとしていたってことは、わたしの算段は間違っていなかったんだわ！

「あんたも知ってるかもしれないが、エステリーゼは滝の真下あたりに住んでいるんだろう？」

「え、ええ、そうよ」

知らないけど、知ったかぶりしてみた。

クリストフが連れていったって言うから驚いちゃったけど、そんな辺鄙な場所に住まわされているってことは冷遇されているのね。だったら、戻ってくるようにわたしが言えばホイホイついてくるんじゃないかしら。

「ただ、デロアへの入国は面倒だろう？」

男たちが顔をしかめる。

その通り、陸路での正規ルートでは日数がかかる。手紙を送ってその返信を待つとなると、かなりの日数がかかってしまう。

だからこそ滝ルートでどうにかできないかと思って、ここへやってきたのだ。

「水の勢いさえ弱まれば風魔法を駆使してどうにか下りられそうなんですけど、水を止めるような魔法を維持しながら安全に下りるのはさすがに……」

チラチラと男たちを見ながら、魔法を手伝ってもらえないかとアピールしてみた。水を止める高度な魔法だってわたしは使えるのよとアピールするのも欠かさない。

「すげえな。あんたそんな魔法が使えるのか！」

「まあね。それぐらいたいしたことないわ」

得意になってあごをツンと上げる。

「滝とその周りの水を凍らせてしまえばいいのよ」

大量の流水を凍らせるなんて未経験だし、大変そうだってことはわかる。でもここではったりをかましておかないと、せっかくのチャンスを逃すことになりかねない。

「よし、それでいこう！　滝の水さえ止まれば俺たちが風魔法であんたを安全に下まで運んでやる。見知らぬ俺らがエステリーゼに話しかけると警戒されるかもしれねえからな」

まんまと引っかかったわね。チョロいわ。

「いいわね、任せて！」

目立たぬよう夕闇に紛れて決行することになった。

なんてラッキーなのかしら。運もわたしの味方をしている証拠だわ。

待っていなさい、エステリーゼ。連れ戻したら一生こき使ってやるんだから！

――


一方、セレンスタの王城では、各領地から続々と今年の農作物が不作であるとの報告が寄せられていた。

大臣たちが緊急招集され臨時の議会が開かれた。

「小麦をはじめ野菜も果物も、今年の収穫はほぼゼロの危機的な状況です」

報告を受けた国王は、突然のことに意味がわからないといった顔で問う。

「天候被害や水不足はなかったはずだが？」

「天候被害ではなく、害虫被害です」

大臣のひとりが青ざめながら説明を続ける。

発端は、アンジェラが魔道具の鳥よけカラスの威力を最大にしてしまったこと。

実った小麦や野菜を食べる鳥だけでなく、あらゆる野鳥が寄りつかなくなった。

各地の領民たちは当初、それを喜んでいた――生態系のバランスが崩れることになるとも知らず。

天敵の野鳥がいなくなったことにより、これまで餌となっていた昆虫が大量発生した。

農地の所有者たちが気付いた時にはすでに遅かった。虫食い部分を取り除いて自分たちが食べるならいざ知らず、商品として出荷できる作物はなにひとつ残っていなかったのだ。

「アンジェラ・ボーデンの魔道具の調整が原因のようです」

報告を聞き終えた国王は再び首を傾げた。

「あのカラスの魔道具は、教師のローウェンとエステリーゼの共同製作ではなかったか？　なぜ調整を不慣れな者に任せたのだ」

魔道具院の院長が言いにくそうに告げた。

「実は……あれはエステリーゼ嬢がひとりで製作した魔道具だったのです。ですからローウェンは微調整の方法がよくわからなかったようです」

「おまえたちは私に偽りの報告をしていたのかっ！」

こぶしを戦慄《わなな》かせる国王に、院長は目を泳がせながら弁明する。

「そ、それはローウェンだけでございます。私たちも騙されていたのです」

「なんてことだ……エステリーゼがいればこんなことには……」

呆然とつぶやく国王の耳にひそひそ話が聞こえてくる。

「そもそもエステリーゼ嬢を追放したのはロベルト殿下だろう？」

「その通り。追放はあまりにも浅慮《せんりょ》だったな」

ここで別の大臣が口を開いた。

「いまは責任追及よりも、対策案を話し合うほうが先決です。鳥よけの魔道具の調整を失敗した責任を取れと苦情が殺到しています。このままでは暴動が起きかねません！」

セレンスタ国王は、うつむいたまま頭を抱えた。

第六章　ツタの腕輪

ターコイズブルーのマーガレットを見ていると、ディアナの明るい笑顔が浮かんでくる。

いまはシュリバスへ向かう旅の途中だろう。

四カ月で親友のように親しくなったディアナと離れがたくて、侍女として連れていってくれないかとこっそりお願いしたこともある。

それがなぜかクリストフにバレて、

「リーゼがどうしてもシュリバスに行くと言うなら、俺も行く」

と、またとんでもないことを言うものだから断念したけれど。

クリストフがわたしの魔道具士としての腕を高く買ってくれているのは光栄だ。でも、どうしてそこまで執着《しゅうちゃく》するのかいまいちわからない。

ディアナは、どうせまたすぐ会えるからとあっけらかんと言っていた。

魔法陣を使えば簡単に帰れるという意味で言ったのだろう。でも実際は当分先になるはずだ。

結婚の一連の行事に加え、なんといっても新婚さんなのだからライリー王子が片時も放そうとしないだろう。

次にディアナに会う時には、デロア国内を花でいっぱいにして驚かせなくっちゃ！

寂しがっている暇はない。スライムオアシスに挿した切り花が、最長でどれぐらい日持ちするか検証する予定だ。

花瓶は置きにくいし鉢植えはちょっと扱いにくいといった玄関先や店先などに花を飾りたい場合、このオアシスが役立つかもしれない。

そこで切り花をオアシスに挿して岩肌がむき出しになっているアトリエの周りに置いてみることにした。

店先を想定して、風雨に当たる環境での実証実験だ。

収穫したイチゴをつまみ食いしながら作業に没頭しているうちに、アトリエの周りが花でいっぱいになった。

たくさん置きすぎたかもしれないけれど、まるでお花畑のようにも見える。

「どこでもお花畑マットって名前で商品化しようかしら！」

両手をポンッと合わせる。

大きなマット状のオアシスにすれば、王都の広場をお花畑のようにすることも可能だろう。

スライムを追加注文しないといけないわ！

そんなことを考えながらまた夢中でアトリエの周りを花で埋め尽くす。

夕闇になるまで頑張って、いつものように魔法陣で王城のアトリエに戻った。そこから間借りしている貴賓室に向かう途中で、わたしは首を傾げた。

気のせいだろうか。王城の雰囲気がなんとなくいつもと違う。

ざわめきが聞こえたり、せわしなく動き回っている人が多かったりと、落ち着きがないように感じる。

そういえばクリストフとも、今日は朝に顔を合わせたきりだ。

とはいえ、部外者のわたしが首を突っ込んでどうこうできる話でもないだろう。もしもまた魔道具の依頼があれば、それに全力で応えればいいだけだ。

なんとなく胸騒ぎを覚えながら、眠りについた。

翌朝、ドアをノックする音で目が覚めた。

時計を確認すると、まだいつもの起床時間よりもずいぶん早い。いったい誰だろう。

ベッドから出てドアに駆け寄る。

「リーゼ、早い時間にすまない」

クリストフの声だ。

慌ててドアを開けると、ローブを羽織ったクリストフが立っていた。いつもの朗らかさはなく、とても険しい表情をして。

「なにかあったのですか？」

「リーゼ……」

腕を伸ばしてきたクリストフに緩く抱きしめられた。

「クリス様？」

「……ディアナの馬車が襲撃された」

――――!?

送り出した時、護衛はちゃんとついていたはずだ。それがどうして……。

足の力が抜けそうになるのをどうにか堪えた。

わたしの髪に顔を埋めたまま、クリストフが静かに告げる。

「じっとしていられないから、助けに行ってくる」

「大丈夫です。きっと大丈夫ですから、クリス様もどうか気を付けてくださいね」

微《かす》かに震えているクリストフの背中に手を回す。

「クリストフ様、そろそろ」

フランコの声が聞こえると、クリストフが体を離した。

「行ってくる」

最後に名残惜しそうに長い指先がわたしの頬を撫でた。

背筋を伸ばし歩みを進めるクリストフの姿を、見えなくなるまで見送った。

部屋に戻ってもディアナのことが心配で震えが止まらない。

大丈夫。きっと大丈夫だから！

先ほどクリストフにかけた言葉を、自分自身に言い聞かせるように何度も心の中で繰り返す。

カーテンを開け、ディアナの無事を祈りながら外を眺めているうちに少し気持ちが落ち着いてきた。

朝の挨拶にやってきたメイドに尋ねてみた。

「クリス様から、ディアナの馬車が襲われたと聞いたのだけど」

「その通りです」

メイドの顔色も悪い。心配でたまらないのだろう。

「昨夜、護衛についていた騎士様が大怪我を負って戻ってこられて……」

ディアナの護衛につくぐらいだから、手練《てだ》れの騎士に違いない。その騎士が大怪我を負っていたということは、相当厄介な敵なのだろう。

その後、応援部隊を派遣したけれどいまのところ伝令はなにもなく、なしのつぶてらしい。

そこで痺れを切らしたクリストフがいてもたってもいられず、自ら助けに行くことになったようだ。

「わたくしからお話しできるのはここまでです。本日はエステリーゼ様も王城内でお過ごしください」

「わかったわ。今日はおとなしくしておくわね」

水耕栽培システムはわたしがいなくてもずっと循環を続けているはずだ。丸一日行かなくても問題ない。

それよりも心配なのは、ディアナとクリストフのことだ。

ふたりとも魔力の高い魔術師だし、特にクリストフに関しては何度もそのすごさを目の当たりにしている。フランコもついているから大丈夫だろう。

なにも手伝えない自分の魔力の弱さを歯がゆく思う。

わたしは魔法陣で飛んでいくことも、高度な魔法で戦うこともできない。

魔道具作りの知識と技術を駆使すれば、殺傷能力の高い兵器を作ることだって可能だ。

しかし、この世界には存在しない殺戮《さつりく》兵器を作る気など毛頭ない。わたしは魔道具を使う人たちの笑顔が見たいのだから。

とはいえ、ディアナには新種の花だけでなく護身用の魔道具も渡さなければいけなかったのかもしれない。

今日はディアナとクリストフの無事を祈りつつ、護身用の魔道具を考えてみよう。

朝食後に王城敷地内のアトリエに向かった。

机に座りノートを広げる。気持ちが落ち着かない時は、魔道具のことを考えるに限る。

護身用の魔道具……護身というのは身を守ることだから、相手を積極的に攻撃する道具ではない。守りを鉄壁にするか、相手の攻撃を無力化するかのどちらかだろう。

自分の周りに土壁や氷壁を展開する手もあるけれど、自分を閉じ込めてしまうのはかえって危険かもしれない。

となると、相手が動けなくなるように拘束したり眠らせたりするほうが有効だろうか。

相手を石化させてしまうのはどうだろう。

コカトリスという雄鶏《おんどり》とヘビを合わせたような魔物がいる。

このコカトリスの毒にやられると、石化してしまう。

石化は解毒魔法で解除するか、自然と毒が抜けるまで継続するといわれている。

コカトリスの素材を使えば、敵を石化させられるような魔道具が作れるかもしれない。

理想はクチバシを素材にすることだけど、ほんの数分足止めさせるだけでいいなら羽でもいけそうだ。

問題はそれをどうやって入手するか。コカトリスは冒険者ギルドでも討伐難易度がＳ級に指定されている凶悪な魔物だ。羽を入手するだけでも命がけになるだろう。

入手困難な素材ほど効果が高い魔道具が作れるけれど、扱いが難しい。

でも、入手困難だからとか扱いが難しいからとか、やってみる前から言い訳をせずに、これからはどんどんチャレンジしていこう。

ディアナを直接助けに行けないのならせめて、優れた護身用魔道具を作ることがわたしの役目だ。

アイデアをノートに書き留めておく。そしてまた考えを巡らせては試しに設計図を描く作業を繰り返した。

作業に没頭しているうちに、窓の外が夕焼けに染まっていた。

立ち上がって両腕を上げて伸びをすると、気分転換に窓の外を眺める。

「あれ？」

アトリエからも見える滝がいつもと違って見えるのは、気のせいだろうか。

滝から落ちる水の量が少ないように見える。

もちろん季節によって水量の変化はあるだろう。セレンスタのほうで流す量を調整することもあるかもしれない。

今朝見た時は普段通りだったはずだけど……？

それでもまだこの時点では、なにか理由があるんだろう、ぐらいにしか思っていなかった。

いよいよおかしいと気付いたのは、日没間近のこと。

滝の水が、ほぼ止まっていた。

滝の近くはゴツゴツした岩肌で覆われた地形のため人は住んでいない。しかもすでにあたりは暗くなりはじめている。だからヘタするとこの謎の現象に誰も気付いていない可能性だってある。

クリストフはまだ帰還しない。王城内はそっちのことに手いっぱいで、景色をゆっくり眺めるどころではないだろうし。

ここからでは滝でなにが起きているのかまったくわからない。

わたしはいてもたってもいられずに魔法陣で岩山のアトリエに飛んだ。

今日は王城にいるようにとの言いつけを破ってしまったけれど、なにも起きていないことを確認したらすぐ戻ればいい。

心の中でそう言い訳をしながらアトリエの外に飛び出すと、滝つぼのそばにローブ姿の誰かが立っているのがぼんやり見えた。

背格好からして、もしかするとディアナだろうか。

「ディアナ？」

慌てて駆け寄って声をかける。

しかしフードをおろして振り返ったその人物はディアナではなかった。

「アンジェラ!?」

なぜアンジェラがここにいるのか、さっぱりわからない。

「遅かったじゃない！　どこに行ってたのよ！」

しかもいきなり怒鳴りつけられた。この子はなにを言っているんだろうか。

「アンジェラ？　ここでなにしてるの……？」

「エステリーゼお姉様を待っていたのよ！」

いや、だから意味がよくわからないんだけど？

「なぜ？」

わたしをセレンスタから追い出したくせに、わざわざデロアまで追いかけてきてなにがしたいんだろう。

「だって、ここに住んでいるって……」

アンジェラがそこで言葉を切って肩で大きく息をする。

あたりが暗いせいだろうか、アンジェラの顔色が悪いように見える。

いつもふっくらとしていた頬がげっそりこけているし、こちらへ歩み寄ってくる足元もおぼつかなくふらついているではないか。

「ねえ、アンジェラ。あなたどこか具合が悪いの？」

「そんなことはどうだっていいわ」

青灰の目をギラつかせながら呻《うめ》くように言ったアンジェラが、突然わたしに抱き着いてきた。

いや、体を預けて倒れてきたと言ったほうがいいかもしれない。

体が冷たい。

アンジェラの額に触れてギョッとした。冷や汗をびっしりかいている。

これはもしかして、魔力切れ……？

そこまで考えてハッとした。

いきなりアンジェラが現れて驚いたものだから、わたしがここへ来た目的を忘れるところだった。

滝を見上げると水は止まったままだ。

しかも上のほうからゴゴゴッと嫌な音が聞こえてくる。

「アンジェラ？　あなたなにかしたの？　ねえ答えなさい、アンジェラ！」

アンジェラの両肩を掴んで体を揺さぶる。

「全部お姉様が悪いのよ……」

うつむいたままアンジェラが力なく笑った。

「え？」

アンジェラがいまここにいる理由も、滝の流れが止まった理由も、よくわからない。

でも、すべてが悪い意味でつながっているとしたら……？

背筋がぞくりとする。

どうすればいい。ここへひとりで来た判断は間違っていたかもしれない。

その時、突然男の声がした。

「お嬢ちゃん、ご苦労さん」

滝つぼのほうから歩いてくる人影がふたつ。

「あとは俺たちに任せな」

顔が見える位置まで近づいてきた男たちは、共に下卑た笑いを浮かべている。見知らぬ顔だ。

アンジェラの知り合いだろうか。

嫌な気配を感じて後ずさろうとしたけれど遅かった。

「お姉様、一緒にセレンスタに帰りましょう？」

にゃあっと口元を緩ませたアンジェラが再びわたしに抱き着いた。

「さあ早く！　わたしたちを……なっ⁉」

男たちに向かってなにか言おうとしていたアンジェラだったが、次の瞬間、その体がわたしから離れていった。

アンジェラ本人も、なにが起きたのかわからないようなポカンとした表情でこちらを見ている。

男のひとりがアンジェラの髪を引っ張って、滝つぼの方向へ投げ飛ばしたのだ。飛び方から察するに、ただ力任せに投げただけではなく風魔法を使っているに違いない。

表情ひとつ変えずになんて乱暴なことをするんだろうか。

「アンジェラ‼」

駆け寄ろうとしたわたしを男たちが羽交い絞めにする。

バシャン！と滝つぼに倒れたアンジェラはどうにか体を起こしたものの、岸に上がる力は残っていなさそうだ。咳き込みながらうずくまっている。

滝の水が止まっているうちに上がらなければ溺れてしまう。

上方から響くゴゴゴという嫌な音が、ドーン！という大きく激しい音に変わった。

マズい。さっきより暗くなってよく見えないけれど、きっと大量の水が落ちてくる！

「アンジェラ‼」

左手を伸ばすわたしを羽交い絞めにしたまま、男たちが後方へ飛ぶ。

視界が大きく動く中で、たしかな手ごたえがあった。

「うわっ、なんだ⁉」

予想外の重みを感じたのだろう。それでも男たちは水が落ちてくるのを知っていたかのように花畑をかきわけて慌てて後方へ下がる。

次の瞬間、空から大量の水が降ってきた。

どうやってメディ湖の水を堰《せ》き止めていたのかはわからない。あれだけの水を長時間止めるとなると、相当な魔力が必要なはずだ。

おそらくそれにアンジェラが関係していたのではないだろうか。

アトリエの後方まで下がったわたしたちにも水しぶきがかかる。足元にも水が流れてくるが、足を取られて流されるほどではない。

左手首がズキンと痛んだ。

しかし重みはたしかにある。まだアンジェラとつながっているはずだ。

「おい、それはなんだ」

男たちに気付かれたらしい。

「……っ‼」

乱暴に手首を掴まれて、また痛みが走る。

「光よ」

もうひとりの男が魔法であたりを明るく照らした。

わたしの左手首にはめた腕輪から滝に向かってツタが伸びている。

男たちがそれを手繰《たぐ》り寄せると、気を失ったアンジェラが引きずられてきた。

よかった！　岩だったらどうしようかと思っていたけど、ちゃんとアンジェラに絡まっていたのね！　一か八か使ってみて大正解だった。

これはツタモドキのツタを素材として付与し、腕輪の内側に風魔法の魔導回路を施した魔道具だ。

今日一日、手軽に作れて誰でも使える護身用の道具について考え続けていた。その成果として、市場でクリストフに買ってもらった腕輪を利用して作ってみた。

滝の水が止まっていることに驚いて、はめたままになっていることも忘れてここまで来たけれど、それが功を奏した。

本来は襲ってくる相手に向かってすばやくツタを伸ばし、絡めて体を拘束することを目的にしていた。まさか人命救助までできるとは。

と、のんびり考えている場合ではなかった。

男が怒りの形相でツタを切った。ツタモドキのツタは手では引きちぎれない強度がある。おそらく風魔法で断ち切ったのだろう。

「もういい！　早くずらかるぞ」

「そうだな」

ひとりの男がわたしを脇に抱え、もうひとりの男が足元に手をかざす。

魔法陣を展開しようとしているのだろうか。

この男たちの目的がよくわからない。

アンジェラを置いて、わたしだけどこかへ連れていく気なの？

「くそっ、うまくいかねえ！　平らな所まで行くぞ」

足元に手をかざしていた男が舌打ちする。

それもそのはず、いまアトリエの周りは実験中のスライムオアシスと花で埋め尽くされている上に、流れてきた大量の水を吸ってさらにブヨブヨに膨らんでいる。

これではきれいな魔法陣が描けるはずがない。

この隙にどうにか逃げられないかと手足をバタつかせたけれど、腰をガッチリ抱えられて振りほどけない。

「コラ！　おとなしくしろっ！」

――――‼

一瞬にして全身が痺れて動けなくなる。男が痺れ魔法を使ったらしい。

ああ、生きのびることができたら次は痺れ防止のアクセサリーを作らなきゃ……。

こんな時でも魔道具のことを考えてしまうとは、わたしは根っからの魔道具士なのだろう。

でもこの男たちは、わたしを殺さずに生け捕りにしたままどこかへ連れていこうとしている。

だからまだ勝機はある。あきらめてはいけない。

その時ふと、クリストフがわたしの名を呼ぶ声が聞こえた気がした。

体が痺れているせいで幻聴でも聞こえたんだろうか。

アトリエのドアが乱暴に開く音。そして今度はもっとはっきりクリストフの声が聞こえた。

「リーゼ‼」

でも全身が痺れていうことをきかないせいで、声のした方向に顔を向けることができない。

本当にクリストフが助けにきてくれたんだろうか。

男がわたしを手放した。

どうせ痺れて動けないから転がしておけばいいと判断したのだろう。

花畑に投げ出されるように倒れた。

足を前に踏み出そうとした男の動きがピタリと止まった。と同時に、わたしにかけられていた魔法が解除される。

時間を止める魔法をクリストフが使ったのかもしれない。

それで男がわたしにかけていた魔法が解除されたのだろう。

しかしまだ少し痺れが残っていて体が思うように動かせない。

わたしを守りながら戦うのはクリストフにとって負担が増すことになる。ただでさえ、この男の時間停止魔法を維持しながらの状態なのだから。

花畑に埋もれてぐったりしているふりをし続けたほうがいいのか、それとも痺れが完全に取れたらすぐに起き上がって逃げたほうがいいのか迷う。

首をわずかに動かした。

魔法陣を展開しようとしていたもうひとりの男とクリストフが対峙している。

その男には時間停止魔法が効かなかったのか、それともさすがのクリストフといえどふたり同時にこの魔法をかけることが不可能なのかはわからない。

クリストフが、いままでわたしに見せたことのないとても険しい顔をして、手のひらを男に向けている。

対する男のほうは、両腕を胸でクロスさせる防御態勢だ。あれで時間停止魔法を防いでいるのかもしれない。

魔法戦の攻防はよく知らないけれど、ひとりに時間停止魔法をかけてそれを維持している分、魔力も集中力も削がれているクリストフが不利だ。

ここはわたしの出番だろう。

クリストフと対峙している男に気付かれぬよう、動くようになった左腕をゆっくり伸ばす。男のほうへ左手を向けると微弱な風魔法を腕輪に流した。

腕輪から勢いよくツタが飛び出して男の足に絡みつく。

「うわっ」

狙い通り男がひっくり返った。

水を含んだスライムオアシスが大きく膨らんでいて、足元が不安定になっていることが功を奏した。

ツタが一回しか出ないと思ったら大間違いよっ！

その隙にすかさず距離を詰めたクリストフが飛びかかり、馬乗りになってのど元にナイフを突きつけた。

「おとなしくしろ、おまえたちの負けだ」

アトリエのドアが開いた。

次は誰かと驚いて目を向けると、出てきたのはフランコだった。

よかった、フランコが来てくれたのならもう大丈夫だわ！

フランコは視線を巡らせ状況を素早く把握すると、クリストフが取り押さえている男を縛り上げ、さらに止まったままのもうひとりの男を縛る。

ホッとして立ち上がると、ツタの腕輪を外した。

「リーゼ！」

駆け寄ってきたクリストフが泣きそうな顔をしている。

「クリス様、無事でよかった」

「リーゼこそ」

気付けばクリストフにぎゅうっと抱きしめられていた。

クリストフの体温が伝わってくる。そのまま目を閉じて頬をすり寄せそうになったけれど、大事なことを思い出して顔を上げる。

「ディアナは？」

「大丈夫だ、怪我もない。ディアナは最初の襲撃の時にすぐ魔法陣でシュリバスに飛んで、いまは念のため向こうでしっかり警護してもらっている」

よかった！

ホッとしたところで、もうひとつ大事なことを思い出した。

「アンジェラ！」

クリストフから離れて確認すると、アンジェラはまだ気を失ったまま倒れていた。

フランコにアンジェラも縛って男たちと一緒に連行するようお願いする。

「どういうことだ？」

倒れていた人物がわたしの妹のアンジェラだと知って、クリストフも戸惑っている。

「話を聞いてみないとわかりませんが、おそらく先ほどの鉄砲水の原因をアンジェラとその男たちが知っていると思います」

いま言えることはそれだけだ。

フランコが頷いてアンジェラのことも縛り、男たちと共にアトリエの魔法陣で連れていった。

それを見送り一息つくと、再び左手首がズキズキと痛みはじめた。

捻挫しているかもしれない。

「怪我をしたのか？」

左手を庇《かば》っていることをクリストフに気付かれてしまった。

「アンジェラを左手だけで引きずったというか、釣り上げたというか。ハハッ」

笑ってごまかそうとしたけれど、クリストフはまるで自分が怪我でもしたように辛そうな顔をしている。

とにかくディアナとクリストフが無事でよかった。

安心したら急に足の力が抜けて、アトリエの長椅子に崩れ落ちた。

魔法で暖炉に火をつけたクリストフが、ローブを脱いでわたしの肩にかけてくれる。

「体が冷たいな」

隣に座ったクリストフに手を握られた。

あったかい……。

「助けに来るのが遅くなってすまなかった」

「そんなことはありません。とても助かりました。止められていたのに勝手に王城を離れてすみませんでした」

クリストフが小さく首を横に振る。

「リーゼがこっちに来ていることはわかっていたんだが、ディアナを襲撃した犯人たちを制圧したことで油断していた」

クリストフの話によれば、わたしがこちらのアトリエに飛んだのとちょうど入れ違いぐらいに王城に戻ってきていたようだ。しかし先に国王陛下に報告を済ませてからと思っていたら滝で鉄砲水が起き、城下町に流れる川も突然増水したらしい。

そこで心配したクリストフがこちらへ駆けつけてみると、男たちに連れ去られそうになっているわたしを見つけたという。

「川に土砂が流れ込んでぐちゃぐちゃになりませんでしたか？」

「夜が明けてみないとわからないが、水の勢いの割にはいまのところ被害はない。リリビアスの木も一本も流されていないと思う」

それを聞いて一気に緊張感が緩んだ。

よかった！　なにもかもうまくいったのね。

「それは、リリビアスの木とデロアのみなさんのおかげですね」

「どういう意味だ？」

首を傾げるクリストフにうふふっと笑ってみせる。

「リリビアスを川沿いに植えた理由は、根がしっかり張ることによって川岸の地盤を丈夫にする目的がありました。それだけではありません。リリビアスを見にきた大勢の人たちが、その土を踏み固めてさらに頑丈にしてくれていたのです」

これは前世で学んだ知識だ。

日本で川沿いの土手に桜の木が多く植えられている理由は、花見客に地盤を踏み固めてもらうことで増水に耐える土手を作るためだったと聞いたことがある。

それがこんな形でさっそく活きることになろうとは。

そしてなにより、リリビアスの木を愛《め》で続けてくれている人たちに感謝しなければならない。

「リーゼ」

クリストフが感極まったような顔で瞳を揺らしたと思ったら、グッと肩を引かれて抱きしめられた。

「きみはなんてカッコいいんだ……ありがとう」

やわらかい髪に頬をくすぐられながらクリストフの首筋に顔を埋めた。

じんわり伝わってくる熱が心地いい。それなのに心臓がドキドキうるさくて……。

ああ、なんてことだろう。こんな時に気付いてしまった。

わたしはこの人に恋をしているのだと。

クリス様こそ、とてもカッコよかったですよ――。

そう言えたかわからないまま、極度の緊張から解き放たれたわたしはクリストフの腕の中で眠ってしまったのだった。


二日後。

「相手にツタを絡めるのはいいとして、走って逃げられると引きずられてしまうことがわかったのは収穫でした！」

ベッドで上半身を起こし、ツタの腕輪についてクリストフに説明しているところだ。

「へえ、それで？」

「ですから、絡めたところで切断することも可能な仕様にしなければ安全に……もがっ」

口にスプーンを突っ込まれる。

あ、美味しい。

よく煮込まれた野菜のうまみたっぷりのシチューをこくんと飲み込む。

食事中にこんなにおしゃべりしていいものなのかというマナーに関しては、ひとまず置いておく。わたしが説明している途中でスプーンを差し出してくるクリストフが悪い。

「腕輪は、風魔法を発動する都度ツタが飛び出る仕組みにしたんです」

「うん」

「でもこれだと、風魔法を操る魔術師さんが使ったら意図しないタイミングでツタが……むぐっ」

またもやスプーンを突っ込まれる。

咀嚼《そしゃく》して飲み込んでから抗議した。

「クリス様、怪我をしたのは左手ですから自分で食べられます。それに説明の途中です」

捻挫をしたのは、利き手とは逆の左手だ。

しかもそれ以外どこも怪我をしていないのに、どうしてわたしはベッドに留め置かれているんだろうか。

それなのにベッドの横に腰かけるクリストフは、わたしの抗議をまったく意に介していない様子でにっこり笑う。

「そうだね。はい、あーん」

「いや、ですから……」

またシチューかと思ったら、今度はツヤツヤのイチゴが差し出される。これは反則だ。

我慢しきれずパクッと食いついた。甘酸っぱい果汁が口の中に広がる。

美味しい！

しかし次の瞬間、驚いてむせそうになった。

クリストフがイチゴを食べたからだ。

「な、なんで食べてるんですか！」

「ん？　大丈夫、まだたくさんあるよ。ほら」

クリストフがガラス皿に盛られたイチゴを差し出してにっこり笑う。

わたしの食べる分が減る心配をしているわけではない。

水耕栽培で採れた作物の試食を許されているのは、わたしとフランコ、そして王城の厨房の料理人だけだ。

「クリス様は、食べてはなりません」

「リーゼとフランコばっかりズルいじゃないか。イチゴがこんなに美味しい食べ物だったなんて初めて知った」

ズルいとかズルくないとかの問題ではない！

口を尖らせると、クリストフが「かわいいね」と言って笑う。

「安全性は確認しているし、よく理解もしている。リーゼが食べる物は俺だって食べる。それだけのことだ」

反論は受け付けないとでも書いてあるかのような不敵な笑みを浮かべる顔から、思わず目をそらす。

心臓が暴れて仕方ない。

自分の気持ちに気付いてからは、クリストフの顔をまともに見ることができなくなってしまった。

だからいまも意識しすぎないように、魔道具の話をして気を紛らわそうとしていたのに。

いつからクリストフが好きだったのか。

きっと、十一年前に一緒にオートすごろくで遊んだ時からずっとだ。

また遊びたいと思って毎年リリビアスの木の下で待っていた。今年こそ会えるかもしれない、会えますようにと願っていたあの焦がれるような気持ちの正体は恋だったのだろう。

どうしてこんなタイミングで気付いてしまったんだろうか。

アンジェラは牢屋に入れられているらしい。

尋問に対し、

「わたしはなにも知りません。男たちに騙されて殺されそうになっただけです」

と訴えているようだ。

たしかに男たちはアンジェラを始末しようとしていた節がある。鉄砲水の一件をすべてアンジェラが独断でやったことにしたかったのかもしれない。

翌日、クリストフに案内されてアンジェラのもとを訪れた。

魔力切れを起こしていたアンジェラには栄養たっぷりの食事が提供されているらしい。人道的な配慮に感謝すると共に、自分の妹がしでかした罪の大きさを考えるとなんとも複雑だ。

牢屋には分厚い結界が張られていた。

おそらく魔法が使えないようになっているのだろう。

「アンジェラ」

声をかけると、うつむいていた彼女がパッと顔を上げた。首につながっている鎖がジャラリと音を立てる。

「なにしに来たのよ。笑いに来たの？」

アンジェラが怒りの形相で睨んでくる。いつもの愛らしい顔が台無しだ。

でも食事をしっかり摂っているのか顔色はいい。

「あなた、自分がなにをしたのかわかっているの？」

「偉そうに説教しないでよ」

反省の色のないアンジェラが力なく笑った。

「わたしはただお姉様に会いに来ただけ。一緒にセレンスタへ帰りましょうって言いたかっただけよ」

「それがどうして滝の水を止めるようなことにつながるのよ！」

わたしに会いたかったのなら普通に陸路で来ればいいだけだ。

クリストフによれば、捕らえた男たちは口をそろえてアンジェラが自分から水を凍らせればいいと提案してきたと言っているらしい。

「あなたのやったことは、セレンスタとデロアの友好条約を脅かす行為だわ」

「なに言ってるのよう。そんな大げさなことなんてしていないわ。わたしはあの男たちにそそのかされて水を止めただけよ」

なにもわかっていなさそうなアンジェラが憐れに思えてきた。

滝を凍らせるような膨大な魔力を、こんなことにしか使えないとは……。

「だから早くここから出して！　ロベルト様も許すって言ってるから、一緒にセレンスタに帰りましょ」

話にならない。アンジェラの言い草に怒りがこみ上げてきてこぶしが震える。

静かに後ろに立っていたクリストフが横に並び、わたしの肩に腕を回してきた。

「リーゼ、もういいだろう。行こう」

無言で頷いた。

牢屋を出ていくわたしたちの背中に向かってアンジェラが金切り声で叫ぶ。

「クリストフ様！　あなたは騙されています！　そんな女、早く追放してくださいっ‼」

聞いていられなくて両手で耳を塞いだ。

アンジェラがここまで愚かだったとは……。

愛らしい容姿に高い魔力を持つ伯爵令嬢ともなれば、順風満帆な将来が保障されていたはずだ。どうしてそれで満足できなかったんだろう。

「申し訳ありません」

「謝ることはない。リーゼのせいではない」

それでも謝ることしかできない。

「申し訳ありません……」

消え入りそうな声で、何度もそう繰り返した。

数日後、今回の一連の騒動の真相がすべて明らかになった。

取り調べに際しては、ウソ発見フクロウがとても役に立ったと聞いている。

わたしも事件に巻き込まれた当事者のひとりということで、クリストフが詳しい説明をしてくれた。

「今回捕らえた男たちと、前に虹彩認証システムで捕らえた男は、三人ともテオール王国の出身だった」

聞き馴染みのある国名だ。

テオールは、ここデロアとは国境を接していないけれど、セレンスタの西側に面している国だ。

しかし好戦的な国ではなかったはずだけど……。

「実は二年前にテオールからディアナに縁談の打診があって、本人が留学中だったこともあって断ったんだ」

国際交流の場でテオールの王子がディアナを見初めたらしい。

きっと留学中だからという理由だけではないだろう。その頃すでにディアナはシュリバスのライリー王子が好きだったに違いない。

――クリスお兄様だって政略結婚を嫌がっていたんだから、わたくしもそうする必要なんてない――ディアナが語っていたのは、このことだったのね。

デロア側は丁重にお断りして、それできれいさっぱり終わらせたつもりだった。

虹彩認証で捕らえたスパイがテオールの人間だとわかった時も、ディアナとは関連付けて考えていなかったらしい。

「捕らえたスパイが、魔石の採掘技術を盗みたかったと白状したことを、当初は鵜呑みにしていたんだ」

クリストフが悔しさをにじませながら話す。

もっともらしいことを言われたら仕方ないと思う。実際デロアの魔石採掘量はこの大陸随一なのだから。

しかしウソ発見フクロウを試してみたところ、スパイの多くの供述で目を赤く光らせたようだ。

魔石の情報を得たかったという目的自体が大いに疑わしいとされ、ずっと拘束し続けていたらしい。

そんな中で起きたのが、ディアナの婚礼馬車襲撃事件だ。

デロア国内を抜けて少し進んだ山間部で賊に襲われた。当初は積み荷を狙う山賊の仕業だと思い、護衛騎士だけで対処できると踏んでいたという。

ところが倒しても倒しても山賊がわいてくる……そこでひとりの護衛騎士がこれは幻惑魔法ではないかと気付き、剣で己の体を傷つけ術を解除して助けを呼びに戻ってきた。

すぐさま応援部隊を派遣したものの、予想以上に苦戦して足止めを食らい大混乱。ディアナは最初の襲撃の時点で自ら魔法陣を展開し、シュリバスに移動していた。

しかし、混乱の中で情報が錯綜していてそれが伝わっていなかったらしい。

ディアナを保護したシュリバスは、敵の素性がわからず万が一のことを考えてデロアへの迅速な報告をためらっていた。

そこでクリストフまでもが駆けつけて確認しなければならない事態となったというわけだ。

「とにかく敵がしつこかった。幻惑魔法かと思ったら次は人海戦術みたいに土人形がどんどんわいてくるんだ」

それは話を聞いているだけでもげんなりする。

クリストフは何時間もその土人形の相手をしていたんだろうか。

「術者がひとりではなくてね。リーゼが作ってくれたツタスコープがなければ、探すのにもっと手間取っていただろう」

クリストフの顔が険しい。

術者を制圧して捕縛し、ディアナの無事も確認して帰還したところで鉄砲水事件が発生したらしい。

「実は、車列襲撃は時間稼ぎの目くらましだった」

捕らえた術者たちもテオールの人間であることがわかり、取り調べを進めていく中でテオールがなにを企んでいたのか、その全貌がようやく見えたという。

機密文書の書庫に忍び込んだスパイの本当の狙いは、ディアナの車列がいつどこを通るかという情報だったのだ。

「ディアナを傷つけるようなことをすればシュリバスまで敵に回すことになるから、ディアナを本気でどうにかするつもりはなかったと思う」

スパイは入国を許可されている行商人に変装してデロアへ入国し、さらには騎士団長に変身して書庫に忍び込んでいた。

ディアナの情報を入手して仲間に伝え、調子に乗って次は結界を弱める方法がないか調べるためにもう一度潜入しようとしたところを捕まったらしい。

潜入捜査をしていた仲間からの連絡が途絶えたままディアナの車列が通過する日が来てしまった。

ここであきらめる選択肢はなかったようだ。

予定通り襲撃し、そちらにデロアの目を向けさせ混乱しているところで滝から潜入する。滝は常に水が流れているため、ここだけは結界が薄い。

「あのふたりの男たちの目的は、リーゼを攫《さら》うことだった」

「その企みに、アンジェラがどう関係しているんですか？」

アンジェラがいつからテオールの陰謀に加担していたのかよくわからない。

クリストフがため息をついた。

「アンジェラはね、本当に騙されていたんだよ」

彼らはアンジェラ抜きでもあの日に滝を伝ってデロアに潜入し、わたしを攫う予定だった。

そこへたまたま、わたしを連れ戻そうとするアンジェラと出くわしたらしい。

テオールの真の目的は、セレンスタとデロアの友好的な関係を壊すことだったのだ。

スパイの男が捕まる前に伝えてきたらしい。

――セレンスタを追放された伯爵令嬢がデロアにいる。彼女はクリストフ王太子に気に入られてるようだ、と。

秘密が多く強固な守りのデロアを揺さぶる好機だと踏んだテオールは、セレンスタが友好条約を破ったように見せかけるためにわたしを利用しようとした。

実はわたしがデロアに潜入するためにクリストフを篭絡《ろうらく》し、機密情報を盗んでセレンスタへ逃げ帰った。そんなふうにしたかったんだろうか。

そこへ偶然アンジェラがやってきて、水を堰き止めると言い出したのだから、まさに飛んで火に入る夏の虫というやつだったのだろう。

セレンスタの人間が意図的に鉄砲水を発生させたとなれば、友好条約違反で国交が断絶するに違いないと。

さらに、魔力を使い切ってフラフラになったアンジェラを鉄砲水と一緒に流して始末すれば、ちょうどいい口封じになる。

だからあの時、アンジェラを滝つぼに投げたのね。なんてひどいことをするのかしら。

「そして予定通り、リーゼのことも攫おうとした」

スッと体が冷える。

国家間の大きな陰謀に巻き込まれるところだったなんて……。

「デロアとセレンスタを仲違《なかたが》いさせようとした理由はなんでしょう？」

「いい質問だ」

クリストフが目を細める。

「おそらく、魔石の価格交渉をしたかったのだと思う」

ようやくピンときた。

セレンスタはデロアの唯一の友好国で、デロア産の上質の魔石を他国よりも安価で輸入している。

セレンスタの隣国でありながら、倍近い価格で取引しているテオールはおもしろくなかったのだろう。

見初めたと言いながら、ディアナとの縁談もそれが目的だったのかもしれない。

セレンスタを切り離した上で、デロアにすり寄ろうとした。あるいは、セレンスタとの仲直りを取り持つから仲間に入れろと言うつもりだったってこと?

でもスパイや襲撃事件の術者が捕まってそれがテオールの人間だとバレたら、思惑もバレバレだ。案の定そうなっているわけだし。

ここまで考えてようやく気付いた。

ああ、そうか。

「だから交渉の切り札としてわたしが必要だったのですね」

「ご明察」

クリストフが笑みを浮かべる。

「彼らの誤算は、リーゼの魔道具のすごさを見くびっていたことだ。スライムオアシスとリリビアスのおかげで大きな被害を防いだし、証人となるアンジェラの命が助かった。ありがとう、リーゼ」

お礼を言われても素直に喜べない。リリビアスを植えることで川の両岸を強固にしたことに関しては、わたしもしてやったりだったと思う。

でも、アトリエの周りにスライムオアシスをたくさん敷き詰めていたことや、ツタの腕輪をはめていたのは単なる偶然だ。

「たまたま幸運が重なっただけです」

「だとしたら、リーゼはデロアにとって幸運の女神様だな」

甘く微笑まれて胸が締め付けられるように苦しくなった。

彼らの誤算はもうひとつある。

万が一わたしが攫われていたとしても、実際はデロアにとって弱みにはならなかっただろう。

デロアは、セレンスタを追放されて行くあてのないわたしを引き取ってくれただけだ。

もしかすると、クリストフは少しだけ迷ってくれたかもしれない。

それでも国のためとなればわたしの命など切り捨てたに違いない。いや、そうしてくれないと困る。

デロアはさっそくテオールとセレンスタに厳重抗議し、魔石の輸出を直《ただ》ちに停止した。

両国とも平謝りで、王子が勝手に仕組んだことで国王をはじめ中枢部はあずかり知らぬことだったと弁明しているらしい。

セレンスタは本当に巻き込まれただけなのだろう。

アンジェラが余計なことをしなければ、むしろデロアと一緒にテオールへ抗議する立場だったはずだ。

いや、すでに起きてしまったことを「そうではなかったら」と悔やんでも遅い。これから先どうするかを考えなければならない。

わたしはクリストフに、そして気付くのが遅すぎたこの恋心に別れを告げる決心をした。

第七章　満開の花畑で

～花あるきみへ　クリストフSide～

風に揺れて舞い散るリリビアスの花びらを背にエステリーゼが笑った。

「あれから毎年、同じ場所で待っていたんですから」と言って。

会いたかった。俺だってずっと会いたかった。

「遅くなってすまなかった。これからは……」

気持ちを確かめ合えたのなら、もう遠慮なく抱きしめてもいいだろうか。

感極まって手を伸ばそうとした時、エステリーゼはこぶしを握ってドヤ顔をした。

「すごろくで勝負しましょう。次も絶対負けません！」

ああ、そっちか。

きみがずっと俺に会いたがっていた理由は、それなのか！

王城に戻り、アトリエで作業するというエステリーゼと別れて執務室に入るや否やフランコに背中を叩かれた。

「あんなに鈍いとはな。色男が台無しだぞ」

幼少期にフランコの父親に護衛を務めてもらっていた関係で、同い年のフランコとは幼馴《おさな》染《じみ》のように育った。

フランコは家族以上に共に過ごす時間の長い親友であり同士だ。現在は主従関係にあるが、プライベートではむしろフランコのほうが年上のような振る舞いで励ましてくれるよき理解者でもある。

生まれつき魔力が高い上に国王の長子として生まれた俺は、周囲から常にちやほやされて育った。

十歳で大人顔負けの魔法も使えるようになり、自分は無敵だとまで思っていた。

岩山で、やめたほうがいいとフランコが止めるのも聞かずにオオグモをからかって遊んでいたのも、オオグモになど負けっこないと勘違いしていたからだ。

そのせいであわや命を落としかけた。ネバネバした糸に捕らわれて動けなくなった俺をオオグモの毒牙から間一髪救ってくれたのはフランコの父親だ。

それなのに俺は、礼も労《ねぎら》いも言わず彼をなじったのだ。もっと早く助けろと言って。

彼が息子と同じ年齢の俺に深く頭を下げて謝罪した姿を思い出すたびに、口の中に苦いものが広がる。

「あの時の！　偉そうな少年！」

エステリーゼがそう言い当てた通り、当時の俺は本当に偉そうで生意気だったのだ。

お忍び旅行で訪れたセレンスタでエステリーゼに出会ったのは十一年前のこと。

パチン！と頬を叩かれた時は、一瞬なにが起きたのかわからなかった。誰かに殴られた経験などないから驚いたし、屈辱を受けたと腹を立てた。

「お金で解決なんてできないんだからっ！」

目にうっすら涙を浮かべながらそう叫んだエステリーゼの言い分だって、その時はまだよく理解できていなかった。デロア王家の威光と金さえあればなんだって解決できると本気で思い込んでいたから。

セレンスタで揉め事を起こしたせいで帰国後に両親にひどく叱られ、ふてくされてしばらく部屋に閉じこもっていた。

形だけの謝罪をして許しを請い、そこからはまた通常の生活に戻ったのだが、ひとつだけ旅行前と違うことがあった。

護衛の騎士が変わっていたのだ。

父親はどうしたのかとフランコに尋ねると、言いにくそうに教えてくれた。

「実はあのオオグモとの戦いで大怪我をしていたんだ。それで利き腕の握力が落ちたから、もう剣を握ることはできないって……」

怪我を負っていた……？

嘘だろ、そんな素振りなんて見せずに俺に頭を下げていたのか……。

言葉を失う俺を、フランコは必死に励ましてくれた。日常生活にはたいした支障がないから気にすることはないと。

たいしたことないはずがない。それに父親がそんなことになれば、息子のフランコだってどれほど悔しいだろうか。

金では解決できないことがある——本当にその通りだ。

あの小さくてかわいらしい子が教えてくれた言葉の意味を、ようやく理解した。

それからは目が覚めたかのように心を入れ替えて、あらゆることに励むようになった。

魔術、剣術、勉学のうち、得意なのはやはり魔術だった。それまでなんとなく感覚だけで操っていた魔法を、きちんと理論体系的に学び直して理解を深めた。いつも頭の片隅でエステリーゼの凛《りん》とした姿を思い浮かべながら。

あんな小さな子が魔道具の基本であるオートすごろくを作り、アレンジまで加えてカスタマイズしていたのはすごいことだ。負けていられない。

もう一度会いたい。会って謝罪したい。

それだけではない。笑顔が見たいとずっと焦がれていた。

その一方で、彼女に見合う恥ずかしくない人間になれるまでは会いに行かないときめていた。

エステリーゼに会いたいと思う衝動を原動力に変えて修行に励み続ける日々が過ぎ、気付けば二十一歳に。

王国の結界柱に魔力を注ぐ役目を担《にな》えるまでの魔術師になっていた。

両親からそろそろ婚約者選びをと言われてもピンときていなかったが、妹の結婚がきまったと聞いてもうそんな年齢になったのかとようやく気付く。

マズい、エステリーゼもすでにそういう年齢になっているのではないか？

慌てて内々に調べさせた。

セレンスタ王国の魔道具作りが得意なエステリーゼ。それだけの情報ですぐに彼女の身元が判明した。

ボーデン伯爵家の長女で、貴族学校の最終学年に在籍中だという。

さっそく国際親善の表敬訪問の手配をし、両親には「ずっと好きだった人を連れてかえってくる」と宣言してセレンスタへと旅立った。

若い学生さんとの交流の場を設けてもらいたいとお願いしたのは、もちろんエステリーゼとの接点を持つためだ。

その夜会の前に、どうしても一目彼女の姿を確認したくてこっそり見に行った。

十一年ぶりに再会したエステリーゼは、魔道具演習場で派手な音のする筒状の武器をぶっ放していた。

その勇ましさがカッコよすぎて、あらためて好きだと思った。

あの頃のかわいらしい面影を残しながらも、気高く孤高の存在。

そんな彼女には、すでに将来を約束している婚約者がいるらしい。

相手はロベルト第二王子だ。

エステリーゼのことを調べさせた諜報員とセレンスタで落ち合い、それを聞かされた時は大きな衝撃を受けた。

友好国の王子から婚約者を横取りするわけにはいかない。遅かったか……内心ひどく落ち込んだが、エステリーゼが幸せならそれが一番だ。

夜会で彼女に「どうぞお幸せに」と告げたらすぐに帰国して、潔く両親のすすめる相手と結婚しよう。

そう思っていたのに、諜報員から耳を疑うような情報を聞いた。

エステリーゼを取り巻く環境が不穏なもので満ちあふれていたのだ。

家族とうまくいっておらず、粗末な食事を出されて冷遇されている。

優秀な魔道具士であるにもかかわらず、その手柄を教師が横取りし魔道具院と結託して国王を欺《あざむ》いている。そのため彼女は、魔道具士として正当な評価を受けていない。

なんと彼女は、奇妙な魔道具ばかりを作る風変わりな人間だと思われているらしい。

デロアでも、セレンスタ産の冷蔵庫とお掃除亀さんは人気商品だ。しかしその発案者がエステリーゼだとは知らなかった。

さらに驚く情報も聞いた。

婚約者のロベルトが彼女の妹と浮気している――。

エステリーゼは本当に幸せなのか。強引にでもデロアへ連れ帰ってしまおうか。

複雑な思いを抱えて迷ったまま迎えた夜会で、思わぬチャンスが巡ってきた。

エステリーゼが目の前でロベルトに糾弾され、婚約破棄と国外追放を言い渡されている。

ひどく傷ついている様子にいたたまれなくなって、会場の外へと連れ出した。

しかもエステリーゼは、これっぽっちもロベルトのことなど好きではなかったと言うではないか。

彼女が俺を覚えていなかったのには少々がっかりしたけれど、この際どうでもいい。

自分の婚約者としてデロアへ連れていこう。これから先は、エステリーゼを一生大事にしていこうと心に誓った。

そう。ここでちょっとした行き違いがあったのだ。

先走っていきなりプロポーズした自分にも大いに非はあったが、俺はてっきりエステリーゼもそのつもりでいてくれているものだとばかり思っていた。

ディアナに、

「リーゼはちっともわかっていないわ。ただ魔道具士の腕を買われて連れてこられたって思ってるみたいよ。なにやってるの」

と言われるまでは。

「だから言っただろう！　わかってなさそうだって！」

フランコにまで責められた。

王太子である自分が「好きだ」と言えば、それに応えなければならないとプレッシャーになるだろう。だから、あの手この手でエステリーゼの心を掴んで振り向かせようと躍起《やっき》になっているところだ。

両親も彼女を気に入っている様子だし、ディアナともまるで本物の姉妹のように仲がいい。あとはエステリーゼの気持ち次第だ。

フランコに言わせるとエステリーゼは「鈍い」、ディアナに言わせると「天然」らしい。知ってか知らずかたまに思わせぶりなことを言ったり、そうかと思えばするりと逃げていったりと、戸惑うことばかりだ。

「でも、リーゼに振り回されるのも悪くないな」

ぽつりとそう言ったら、

「そんなだらしない顔で惚気《のろけ》るのはやめろ」

と、フランコに窘《たしな》められてしまったが。

しかし、浮かれてばかりもいられない事態になった。

きな臭い事件が立て続けに起きたと思ったら、それがすべて国家間の大きな陰謀につながっていたのだ。

エステリーゼの活躍により事なきを得たのは見事だった。ますます惚れてしまったぐらいだ。

それなのにエステリーゼ本人は、妹のアンジェラが陰謀の片棒を担いでいたことに責任を感じてひどく心を痛めている。どうすれば笑ってくれるだろうか。

悩ましくもどかしい思いを抱えているが、せめてこちらは笑顔でいようときめている。

いつものように今日もアトリエに向かう。

魔法陣で岩山のアトリエのほうへ移動しようとして、ふとテーブルに置かれたハンカチに目が留まった。

手に取ってよく見ると花の刺しゅうが施してある。このモチーフは……。

「リリビアスだ」

ディアナとエステリーゼは、よく一緒に刺しゅうをしていた。これはきっとエステリーゼが刺しゅうしたものだろう。

ハンカチから顔を上げて棚を見た時になにかおかしいと気付いた。アトリエをぐるっと見回してハッとする。

妙に片付いている。

――――！

エステリーゼのトランクがない！

ハンカチを握りしめながら慌てて魔法陣に足を踏み入れた。

◇◇◇

あの事件から一週間後、ようやく岩山のアトリエを訪れた。これまでいろいろあったせいで来ることができなかったのだ。

大きく育ちすぎてしまった野菜を収穫して、パイプにはめこんだ水の魔石を抜く。循環を続けていた水が止まった。

ノートに水耕栽培システムの仕組みと諸注意を書いてあるし、魔石をはめたら再稼働することはフランコとクリストフが知っているから大丈夫だろう。

窓から外の様子を眺める。

あふれる水をたっぷり吸いこんで鉄砲水の被害を最小限にしてくれたスライムオアシスは、お日様を浴びて元の大きさに戻っていた。挿していた花は相変わらず咲き誇っていて、きれいな花畑を維持している。

これはこのままにしておこう。

デロア国内を色とりどりの花でいっぱいにして、葉物野菜をたくさん食べられる健康的な国に——この計画はクリストフが引き継いでくれるはずだ。

この国を出てどこへ行こうか。セレンスタに戻るわけにもいかないだろう。

ひとまず西のシュリバスへ向かって旅をしてみるのもいいかもしれない。

今度こそディアナに、侍女にしてもらえないかと頼んでみようか。

ここまで考えてハッとした。

「忘れてた……！」

慌てて机の引き出しを開け、白い封筒を取り出した。ディアナに二日経ったら読むように言いつけられていた手紙だ。

バタバタしていたとはいえ、大事なことをすっかり忘れていた。心の中でディアナに謝りながら封蝋を丁寧に開ける。

便箋にはディアナのかわいらしい文字が綴《つづ》られていた。

『親愛なるエステリーゼへ
この手紙を読むまで二日待ってと言ったのは、クリスお兄様にバレたら魔法陣で飛んできて怒られそうだからよ。だからわたくしが国外へ出るまで待ってもらったというわけ。

天然なエステリーゼのことが大好きだけど、ひとついいことを教えてあげる。

デロア王国では定番のプロポーズの言葉があるの。

己の名にかけて、あなたの人生が未来永劫安寧であることを誓います、って言葉よ。

どこかで聞いたことがない？

クリスお兄様の恋が叶うことを願っているわ。もちろんリーゼの恋もね。

お節介な妹より』

何度も繰り返し読み返した。

そして震える手で手紙を折りたたみ、どうにか封筒に戻す。

息苦しくなって大きく深呼吸をしてみたけれど、どうにも胸の苦しさが取れない。

泣いている場合ではないのに、鼻の奥のツンとした痛みがおさまらない。

視界がにじんでいくのを感じながらアトリエの外に出た。

もう一度大きく深呼吸する。

クリストフの気持ちにまったく気付いていなかったわたしは、たしかにディアナの言う通り「天然」なのだろう。

優しさのあふれる気遣いと甘い微笑み。クリストフがいつも陽だまりのようなあたたかさでわたしに寄り添ってくれたのは、そういうことだったのか。

思い返してみるとたしかに、彼の行動と言葉の端々に愛情が込められていたというのに。

ディアナの不可解な言動に何度も首を傾げたことも、いまならすべて納得がいく。

もっと早くクリストフの気持ちにも自分の気持ちにも気付いていたのなら、わたしは喜んで彼の胸に飛び込んでいたんだろうか。

いや、それを考えるのはやめておこう。

デロア王国に対しアンジェラがしでかした罪を考えると、姉のわたしが素知らぬ顔をしてここで暮らし続けるわけにはいかない。

だからむしろクリストフの気持ちには気付かなかったことにして、ここを去るほうがいい。

そうじゃないと辛すぎる。

「ハハッ」

力のない乾いた笑いを漏らすと、一緒に涙がこぼれた。

一度こぼれてしまえば、後からとめどなく涙があふれてくる。頬を伝いあごから落ちた涙が花畑に吸い込まれていく。

わたしは声をあげてわあわあ泣いた。

涙が枯れるまで思い切り泣こう。泣ききって全部忘れよう。

そう思っていたのに――――。

「リーゼ」

愛しい人のわたしを呼ぶ声が聞こえる。

振り返らずに慌てて涙を拭《ぬぐ》った。

「どうしていつも、いいタイミングで現れるんですか」

テオールの男たちに攫われそうになった時も、いまも。

あまりにもタイミングよく登場しすぎだ。

「リーゼが魔法陣を使ったらわかるようになっているって言わなかったっけ?」

そうだった。

こちらへ近づいてくる足音が聞こえる。鼻をすすったけれど、かえってしゃくりあげてしまった。

「泣いているのか?」

「違いますっ！　これは、涙を……涙がすぐに止まる魔道具を作ろうかと考えている途中で！」

後ろから手が伸びてきて、ぎゅうっと抱きしめられた。

「リーゼにその魔道具は必要ない」

本当だ。拭っても拭っても止まらなかった涙がピタリと引っ込んだ。

伝わってくる体温が心地よくて、たくましい腕に頬をすり寄せたくなる衝動に駆られる。

心をかき乱さないでほしい。きれいな琥珀色の目に見つめられたら決心が揺らいでしまいそうだと思ったから、なにも告げずにお別れするつもりだったのに。

「アトリエが妙にきれいに片付いているんだけど……ハンカチ一枚だけ残してどこかへ行こうとしていたってこと?」

いつもより硬いクリストフの声が頭上から聞こえる。

「アンジェラはわたしの妹です。姉のわたしも責任を取ってここを離れることにしました」

一気に早口で言う。

クリストフがため息をついた。

「リーゼはボーデン伯爵家と縁を切っていたから無関係だと何度も言っただろう。なにも言ってくれないなんて、俺はリーゼにとってその程度の男だったのか」

慌てて首を横に振る。

「クリス様はカッコいい王子様で、しかもとても立派な魔術師です。魔力の弱いわたしには雲の上の人のような存在です」

腕からすり抜けてクリストフに向き直ると、真っすぐに琥珀色の目を見つめた。

どうしよう、この期に及んでやっぱりクリストフのことを好きだと思ってしまう。

「だからどうか、あなたはこれからも誇り高く前を向いてデロア王国を導いていってください」

精いっぱい笑ってみせる。

突き放そうとしたのに、またクリストフの腕の中に閉じ込められてしまった。

「責任を取ると言ったよね」

「はい」

小さく頷く。

「じゃあ俺の心を撃ちぬいた責任を取ってくれ」

「ディアナにもそう言ったらしいですね」

そういう意味だったのか。最初からなにもかもわかっていたディアナにとっては、さぞやもどかしかっただろう。

「そうだ。どうしてくれるんだ、こんなにもリーゼのことが好きなのに」

心臓が大暴れしている。

ここでふとあることに気が付いて、クリストフの胸に耳を当てた。

ああ、やっぱり……。

ドキドキしているのは、どうやらわたしだけではなかったらしい。

そのまま頬を寄せて、しばし胸の音を聞いていた。

「わたしは……あなたに愛されていると、うぬぼれてもいいのでしょうか」

声を震わせながら顔を上げると、クリストフがふわりと笑った。

「もちろんだ。俺には、強さをひけらかさないくせにやたらとカッコいいリーゼが必要なんだ。一生うぬぼれ続けてくれてかまわない」

クリストフが腕の力を緩めたと思ったら、わたしの前に跪《ひざまず》く。

「クリストフ・エディ・デロアの名にかけて、エステリーゼの人生が未来永劫安寧であることを、そして生涯変わらぬ愛を誓います。結婚してください」

差し出された大きな手に己の手を重ねた。

「わたしもずっとクリス様のことをお慕いしていました」

強く握り返してくれる手のぬくもりをたしかめているうちに、クリストフが立ち上がる。

満開の花畑で、わたしたちはクスクス笑いながら抱き合ったのだった。

◇◇◇

「ね？　だからまたすぐ会えるって言ったでしょう？」

目の前に立つディアナが得意げに笑っている。

デロアでの別れ際に着ていたものとはまた別の、清楚な純白のドレスを身に纏って。

頭頂部できらびやかに光るティアラに劣らない、お日様のような笑顔だ。

「もしかして、あの手紙って……？」

言われるまで気付いていなかったわ！

まさかそういうことだったの⁉

「そうよ。早くクリスお兄様とリーゼが正式に婚約してくれないと、わたくしの結婚式にリーゼが参列できないもの」

いたずらっぽく笑ってディアナが小首を傾げると、床まで届くオーガンジーのベールがさらりと揺れた。

その通り。わたしがクリストフと正式に婚約し、それが公表されたのはつい先日のこと。

そして花嫁の兄とその婚約者という立場でライリー王子の結婚式に招待され、いまこうしてシュリバスを訪れている。

お祝いと商談を兼ねて、珍しい花をたくさん持参した。

シュリバスの王妃様が、ディアナが輿入れの際に持参したターコイズブルーのマーガレットをいたく気に入ってくれたらしい。新種であると聞いて「ディアナマーガレット」と命名までしてくれたそうだ。

そしてシュリバスから結婚式の招待状が届くと共に、ぜひとも花を輸入したいとの申し入れがあった。

荷馬車に花と花苗をたくさん積み、陸路で十日かけてシュリバスまでやってきたわけだが、クリストフとオートすごろくをしながらの楽しい旅路だった。

「ディアナには感謝しないといけないな」

クリストフがとろけるような甘い微笑みを浮かべながらわたしの頬を撫でる。

「ディアナ様、そろそろお時間です」

奥から声がかかった。

「もうクリスお兄様がデレデレで見ていられないから、ちょうどよかったわ。リーゼ、幸せになってね」

ディアナが茶目っ気たっぷりにウインクする。

「ありがとう。ディアナこそ、どうぞお幸せに！」

ディアナを見送りながら、無事に結婚式を迎えられたことに改めてホッとする。

馬車が襲撃されたと聞いた時は肝を冷やしたけれど、本当によかった。

あの後デロア、セレンスタ、テオールの三国の国王が一堂に会し、話し合いが行われた。この場でも、セレンスタとテオールの国王は平身低頭だったという。

デロアとセレンスタの友好条約は凍結されたが、今後の態度次第では凍結解除もあると付帯条項が加えられた。

さらにデロア国王は両国に、魔道具に使用可能なレア素材を格安で譲る約束を取り付けさせた。

ローウェン先生と魔道具院が自分たちの地位を守るために、魔道具の発案者を偽っていたことには驚かされた。

冷蔵庫やお掃除亀さんをはじめとする、わたしが発案した魔道具の権利は返してもらった。

今後セレンスタがこれらの魔道具で売却益を得た場合、その売上の一部をもらい受ける契約も交わしている。

アンジェラが鳥よけカラスの威力を最大にしてしまったせいで生態系が崩れ、今年のセレンスタの小麦収穫は絶望的だという。

緊急時のために保管していた備蓄の小麦で対応するらしい。

今後の防鳥対策に関しては、優秀な魔道具士を育ててくださいとだけ言い添えておいた。

身柄を拘束されていた者たちはそれぞれの国に引き渡されていった。

アンジェラは最後まで自分の犯した罪の重さを理解していない様子だった。

風の便りによれば、ロベルトは廃嫡《はいちゃく》となり辺鄙な場所にある離宮とは名ばかりの粗末な小屋に幽閉されたらしい。その措置を国王陛下から言い渡された時は、アンジェラに騙されていただけだと喚《わめ》き散らしていたという。

ボーデン伯爵家も爵位剥奪と領地没収を命じられ、いま親子三人がどこでどうしているのかわからない。

セレンスタ王国の公式文書からは「ロベルト王子」と「ボーデン伯爵家」の記載が消され、存在していたことすら忘れ去られることになるだろう。

「リーゼ？」

あの事件のことを考えていたら、いつのまにかクリストフに顔を覗き込まれていた。

心配そうな顔で琥珀色の瞳を揺らしている。

「大丈夫、なんでもないわ」

本当に過保護な人だ。

これまでも感情表現の豊かな人だと思っていたけれど、お互いの気持ちを確かめ合ってから振り返ると、あの頃はまだ仮面をかぶっていたのだとわかる。

わたしを振り向かせようと必死だったことも。

その一方で、すでに決定事項のようにわたしを婚約者と定めるための手続きや根回しを進めていたというのだから、最初から自信満々だったのかと呆れてしまう。

足枷《あしかせ》がなくなった途端、クリストフは四六時中わたしの手を握り、聞いているこっちが恥ずかしくて身もだえてしまうような愛の言葉を囁いてくる。

クリストフが惜しみなく与えてくれる愛情を揺るぎない自信に変えて、わたしは魔道具を作り続けることで応えていこうではないか。

「わたし、これからも便利な魔道具をたくさん作って、みなさんを笑顔にしてみせますから！」

「リーゼは頼もしいね」

クリストフが目を細めて笑う。

「カッコいいと言ってくださいません？」

あごをツンと上げておどけてみせると、クリストフがぷはっと笑った。

「ああ、最高にカッコいいよ」

ディアナの結婚を祝福する鐘の音が聞こえる。

わたしたちはどちらからともなく見つめ合って、唇を重ねた。

エピローグ

三カ月後。

岩山のアトリエに、今日は大勢の人が訪れている。

王城の料理人たちの強力な後押しで、思いのほか早く葉物野菜や果物の流通が始まりそうだ。

きっかけは、料理長からのある要望だった。

「水耕栽培の作物を、私の家族にも食べさせたいのです！」

水耕栽培で育てた作物の安全性はもちろん保証している。あとはデロア国民がそれを受け入れるかどうかという段階まで来ている。

「譲っていただいた作物を食べるうち、我々は健康になってきていることを実感しています」

たしかに以前話した時よりも、料理長の肌つやが増しているように見える。

葉物野菜はビタミン、ミネラル、鉄分が豊富に含まれていて脳と体の老化防止になる——前世の家庭科の授業でそんなことを習った。

彼らは厨房で試作と試食を繰り返すうちにその効果を実感したようだ。そして、家族にも食べさせたいと思うようになったらしい。

「安全性は確保されているから問題ないと思う」

そう言いながらクリストフがこちらへ伺うような視線を向ける。

「そうですね、いいと思います。どうせならみなさんのご家族を呼んで、楽しくイチゴ狩りをしてみませんか」

この提案が採用され、アトリエの隣にイチゴ栽培専用のハウスを建てた。

そして、ツヤツヤの赤いイチゴがたわわに実った頃合いを見計らってイチゴ狩りイベントを開催した。

招待したのは、王城の厨房に勤める料理人とその家族たちだ。

子供たちが、目をキラキラ輝かせてイチゴに見入っている。

「イチゴは引っ張るのではなく、茎を指で挟んで手首をクイッと動かして摘みます」

お手本を見せる。

「はい、みなさんもやってみてください！」

小さな手でイチゴを上手に摘んだ子供たちが、さっそくよく熟れた赤い実にかじりつく。

「美味しぃ！」

「あまーい！」

明るい歓声と笑顔が広がる。

この笑顔が見たくてわたしは魔道具士になったのだ。

イチゴ狩りイベントは大成功のうちに幕を閉じた。

またやってほしい、イチゴはどこで手に入るのかと聞かれ、確かな手ごたえを感じた。

それならば、そろそろ城下町の青果店でもイチゴを扱ってもらってもいいかもしれない。

イチゴを足がかりに水耕栽培作物の流通を増やしていく。

そう遠くない未来に、水耕栽培で作った作物がデロア国内のあちこちの食卓に当たり前に並ぶ日が来るだろう。

わたしはクリストフと共にそれを見守っていこうと思う。

「リーゼ、疲れただろう?」

イベント終了後、アトリエでクリストフとふたりきりになった。

先ほどまでにぎやかに響いていた子供たちの声を思い出すと、自然と口元が緩む。

「いいえ、ちっとも!　とっても楽しかったです」

魔道具作りに没頭するあまり、セレンスタでは周囲と積極的に交流することも出かけることもほとんどなかった。

そんなわたしを変えてくれたのは、クリストフだ。

「リーゼ、お疲れ様。あーん」

クリストフがこちらへイチゴを差し出してくる。

その顔は、イチゴよりも甘そうな笑顔だ。

ぱくんと食べて、お返しにこちらからもイチゴを差し出した。

「クリス様も、あーん」

「いや、先にこっち」

肩を引き寄せられて、わたしたちは甘い甘いキスを交わしたのだった。


—END—

あとがき

こんにちは。時岡継美と申します。

このたびは『祖国を追い出された転生魔道具士は、今日も隣国で元気に暮らしています〜「役立たず」と追放した皆様ごきげんよう！お陰様で自由気ままなものづくり生活を満喫中です〜』を手に取っていただき、ありがとうございます。

大変光栄です。

わたしは本作の主人公エステリーゼのような、強くてカッコよくてどこか天然なヒロインが活躍するお話が大好きです。

ロケットランチャーをぶっ放すご令嬢を書いてみたい。いや、さすがにそれはやりすぎかな？

じゃあ、グレネードランチャーにしておくか（大差ない）みたいなことを考えていた時に書きおろしのお話をいただき、これはもう魔道具としてグレネードランチャーを書けという神様のお告げだと思いました。

勇ましくグレポンを撃つエステリーゼの姿が鮮明に浮かんできたのです。

ほかにはどんな魔道具を出そうかと終始ワクワク考えながら書き進めました。

数々の勘違いで担当編集者様にはご迷惑をおかけしましたが、わたし自身は終始楽しかったです。本当にお世話になりました。

そして素敵なイラストを描いてくださったコユコム先生にも多大なる感謝を。ラフ画をいただくたびに大きな励みとなりました。ありがとうございます。

カッコいいエステリーゼの生き生きとした姿を、イメージ通りのイラストにしていただきました。とっても素敵です！

最後に、この作品の完成に関わってくださった皆様に、そしてなによりエステリーゼの物語を最後まで読んでくださった皆様にありったけの感謝を捧げます。

ありがとうございました。

時《とき》岡《おか》継《つぐ》美《み》

祖国を追い出された転生魔道具士は、今日も隣国で元気に暮らしています
～「役立たず」と追放した皆様ごきげんよう！
お陰様で自由気ままなものづくり生活を満喫中です～

2024年4月5日　初版第1刷発行

著　者　時岡継美

発行人　菊地修一

発行所　スターツ出版株式会社

〒104-0031　東京都中央区京橋1-3-1　八重洲口大栄ビル7F
TEL　03-6202-0386（出版マーケティンググループ）
TEL　050-5538-5679（書店様向けご注文専用ダイヤル）
URL　https://starts-pub.jp/

印刷所　大日本印刷株式会社

ISBN　978-4-8137-9320-5　C0093　Printed in Japan

［時岡継美先生へのファンレター宛先］
〒104-0031　東京都中央区京橋1-3-1　八重洲口大栄ビル7F
スターツ出版（株）　書籍編集部気付　時岡継美先生

ベリーズ文庫

ベリーズ文庫の異世界ファンタジー人気作

Berry's fantasy ベリーズファンタジー にて

コ×ミ×カ×ラ×イ×ズ×好×評×連×載×中×！

しあわせ食堂の異世界ご飯 ①〜⑥

ぷにちゃん

イラスト　雲屋ゆきお

定価 682 円
（本体 620 円＋税 10%）

平凡な日本食でお料理革命!?
皇帝の胃袋がっしり掴みます！

料理が得意な平凡女子が、突然王女・アリアに転生!?　ひょんなことからお料理スキルを生かし、崖っぷちの『しあわせ食堂』のシェフとして働くことに。「何これ、うますぎる！」――アリアが作る日本食は人々の胃袋をがっしり掴み、食堂は瞬く間に行列のできる人気店へ。そこにお忍びで冷酷な皇帝がやってきて、求愛宣言されてしまい…!?

ISBN：978-4-8137-0528-4　※価格、ISBN は 1 巻のものです

BF ベリーズファンタジー
大人気シリーズ好評発売中！

雨宮れん・著

くろでこ・イラスト

ループ11回目の聖女ですが、隣国でポーション作って幸せになります！

1～2巻

聖女として最高峰の力をもつシアには大きな秘
18歳の誕生日に命を落とし、何度も人生を巻き戻ってい
こと。迎えた11回目の人生も、妹から「偽聖女」と罵られ隣国の呪われた王に嫁げと追放されてしまうが……「やった、やったわ！」──ループを回避し、隣国での自由な暮らしを手に入れたシアは至って前向き。温かい人々に囲まれ、開いたポーション屋は大盛況！さらには王子・エドの呪いも簡単に晴らし、悠々自適な人生を謳歌しているだけなのに、無自覚に最強聖女の力を発揮していき…!?

BF
毎月5日発売
Twitter
@berrysfantasy